KB142556

죽음이 갈라놓을 때까지

'TIL DEATH

옮긴이 박진세

추리소설 애호가로 현재 출판 기획 일을 하고 있다. 옮긴 책으로 헨닝 망켈의 『리가의 개들』, 『얼굴 없는 살인자』, 에드 맥베인의 『레이디 킬러』, 제임스 리 버크의 『네온 레인』, 필립 커의 〈베를린 누아르 3부작〉 등이 있다.

죽음이 갈라놓을 때까지

피니스
아프리카에

이 책을 마지와 프레드에게 바친다.

이 소설 속 도시는 모두 상상에 의한 것이다.

등장인물도 장소도 모두 허구다.

다만 경찰 활동은 실제 수사 방법에 기초했다.

† 일러두기

본문의 모든 주는 옮긴이 주입니다.

1

스티브 카렐라 형사는 이른 일요일 아침 햇살에 눈을 깜빡이며 지난밤 블라인드를 닫지 않은 자신을 욕하고 왼쪽으로 몸을 말았다. 가차 없이 그를 따라온 햇살은 하얀색 시트에 검은빛과 황금빛 무늬를 던졌다. 팔십칠 분서의 유치장 같군. 그는 생각했다. 맙소사, 내 침대가 감옥이 됐어.

아니, 이건 불공평해. 그는 생각했다. 곧 모든 게 끝나겠지만 테디, 난 당신이 서둘러 줬으면 좋겠어.

그는 팔꿈치를 침대에 대고 몸을 일으킨 다음 잠든 아내를 보았다. 테디. 그는 생각했다. 테오도라. 내가 내 귀여운 테오도라라고 부르는 사람. 당신이 이렇게 바뀌었다니, 내 사랑. 그는 새하얀 베개에 놓인, 짧은 검은 머리에 감싸인 그녀의 얼굴을 관찰했다. 길고 숱 많은 검은 속눈썹이 달린 눈은 감겨 있었다. 도톰한 입술에는 희미한 미소가 어려 있었다. 목 아래로 시트에 덮인 가슴이 완벽한 호를 그렸다. 그리고 그 아래로 산山. 정말 당신은 산 같아. 얼마나 산을 닮았는지 놀랄 정도야. 분명 아주 아름다운 산이지만, 그래도 산이지. 등산가가 되고 싶군. 얼마나 당신을 안고 싶은지! 벌써 얼마나 됐지? 그만둬, 스티브. 그가 중얼거렸다. 이런 에로틱한 횡설수설은 아무에게도, 특히 나에겐 도움이 안 되니까 그만둬.

순결을 찬양하는 스티브 카렐라.

그러니까, 그는 생각했다. 아기가 이달 말 예정이군. 맙소사, 다음 주잖아! 벌써 유월 말이라고? 그렇고말고. 침대에서 잠만 잘 땐 시간이 얼마나 빨리 가는지. 아들일지 궁금한데. 뭐, 딸도 좋지만 오, 아버지가 소동을 피우실 거야. 외아들 스티브가 첫 아이로 딸을 낳았다면 이탈리아의 명예에 오점을 남긴다고 생각하실지도 모르겠군.

우리가 생각했던 이름들이 뭐였더라?

아들이면 마크, 딸이면 에이프릴. 그리고 아버지는 그 이름에도 불평을 하시겠지. 루돌포나 세라피나 같은 이름을 염두에 두셨을 테니까. 그래서 내가 스테파노 루이지 카렐라인 거지. 감사합니다, 아버지.

오늘은 결혼식이 있는 날이다. 그는 불현듯 생각이 났다. 여동생이 결혼할 참에 고작 내 성욕만 생각하고 있다니 세상에서 가장 지각없는 오빠군. 뭐, 내가 아는 앤절라라면 오늘 그 애의 주된 관심사도 아마 성욕이겠지. 그러니까 비긴 셈 치자고.

전화가 울렸다.

잠시 깜짝 놀란 그는 갑작스러운 전화벨 소리가 테디를 깨울까 봐 잽싸게 그녀 쪽으로 몸을 틀었다가 이내 아내가 전화 같은 문명의 이기에 영향을 받지 않는 농아라는 사실을 기억해 냈다.

"간다, 가." 그가 집요한 전화벨 소리에 대고 말했다. 그는 긴 다리를 침대 옆으로 내렸다. 그는 가는 허리, 넓은 어깨의 키가 큰 남자였고, 파자마 바지가 단단하고 납작한 복부에 걸려 있었다. 벌거벗은 상체에 맨발인 그는 운동선수같이 유연한 태도로 전화기를 향해 걸어가면서 분서에서 온 전화가 아니길 바라며 수화기를 들었다. 결혼식에 늦는다면 어머니가 화를 내리라.

"여보세요?" 그가 말했다.

"스티브?"

"네. 누구시죠?"

"토미예요. 제가 깨웠나요?"

"아니, 아니야. 일어났어." 그가 사이를 두었다. "바쁜 신랑이 이 아침에 어쩐 일이야?"

"……스티브, 걱정되는 게 있어서요."

"오." 카렐라가 말했다. "성당 제단 앞에서 기다릴 내 동생을 떠날 계획은 아니겠지?"

"아니요, 그런 게 아니라요. 스티브, 여기로 와 주실 수 있어요?"

"그러니까, 교회에 가기 전에 말이야?"

"네. 네, 지금요."

"지금?" 카렐라가 말을 멈췄다. 그의 이맛살이 찌푸려졌다. 오랜 경찰 생활 동안 그는 전화상의 불안한 목소리를 많이 들었다. 그는 처음에 토미의 목소리 톤이 일반적인 결혼 전 신경과민 때문이라고 생각했지만 이제 무언가가 더 있다는 것을 감지했다. "무슨 일이야?" 그가 물었다. "무슨 문제 있나?"

"전…… 전화상으론 말하고 싶지 않아요. 와 주실 수 있어요?"

"바로 가지." 그가 말했다. "옷을 입는 대로."

"고마워요, 스티브." 토미가 그렇게 말하고 전화를 끊었다.

카렐라는 수화기를 전화기에 올렸다. 그는 잠시 생각에 빠져 전화기를 응시하다가 씻으러 욕실로 갔다. 욕실에서 돌아온 그는 햇살이 자는 아내를 방해하지 않도록 블라인드를 내렸다. 그는 옷을 입고 아내에게 메모를 남긴 다음—나가기 직전에— 갈망하는 마음을 담아 아내의 가슴을 부드럽게 어루만지고 한숨을 쉬었다. 그리고 메모를 자신의 베개에 올려 두었다. 그녀는 그가 집에서 나갈 때도 여전히 자고 있었다.

토미 조르다노는 카렐라의 집에서 5킬로미터가 채 떨어지지 않은, 리버헤드 교외에 있는 집에서 혼자 살았다. 그는 한국전쟁 참전용사로, 해외에 있었을 때 무시무시한 스위치를 누르곤 했었다. 군인 아들을 둔 모든 미국 부모가 진흙탕과 총알들을 걱정할 때, 모든 군인 아들은 북 치는 소리와 나팔 소리를 동반한 몽골 기병대를 걱정했다. 그런 때, 미국에서의 일상이 악몽 같은 위험을 내포한다고는 생각할 수 없었다. 그런 토미에게 깜짝 놀랄 만큼 갑작스러운 소식이 찾아왔다.

그의 소대장은 비가 으스스하게 내리는 날 그를 진흙투성이 작전 텐트로 호출했다. 그는 자신이 아는 한 최대한 부드러운 방식으로 전날 부모님 두 분이 교통사고로 돌아가셨다고 토미에게 전했고, 그는 장례식을 위해 집으로 날아왔다. 토미는 외동아들이었다. 그는 자신이 사랑한 두 분이 포용적인 땅으로 내려가는 모습을 보기 위해 집으로 갔고, 그런 다음 군대는 그를 다시 한국으로 데려갔다. 그는 실의에 빠졌고, 남은 전쟁 동안 거의 말없이 지냈다. 마침내 제대했을 때, 그는 부모님이 남겨 준 집으로 돌아갔다. 그의 친구—앤절라 카렐라를 만나기 전까지—는 그가 수년간 알아 온 한 소년뿐이었다.

그리고 어느 날 밤 그는 군복을 입고 있는 동안은 한 번도 흘리지 않았던 눈물을 앤절라의 품에서 터뜨렸다. 그리고 그는 괜찮았다. 그리고 이제 그는 상대방을 무장해제시키는 미소를 짓는, 원만한 성격의 스물일곱 살 먹은 상냥한 얼굴의 청년, 토미 조르다노였다.

그는 초인종 소리를 들으려고 문 뒤에서 기다리고 있었던 것처럼 카렐라가 초인종을 누르자마자 문을 열었다.

"여어, 스티브." 그가 말했다. "와 주셔서 기뻐요. 들어오세요. 술 좀 드릴까요?"

"아침 아홉 시에?" 카렐라가 물었다.

"그렇게 이른가요? 이런, 제가 형님을 침대에서 일으켰나 보군요. 죄송해요, 스티브. 폐를 끼치려던 건 아니었어요. 전 밉상인 매제가 될 모양입니다."

"왜 전화했지, 토미?"

"앉으세요, 스티브. 커피 좀 드릴까요? 아침은 드셨어요?"

"커피 한 잔이면 돼."

"좋아요. 토스트도 좀 만들어 오죠. 저기요, 깨워서 죄송해요. 저는 밤새도록 뒤척였어요. 그게 얼마나 이른 시간인지 생각도 못 했나 봐요. 젠장, 이 결혼은 살인이에요. 하느님께 맹세코, 전 치명적인 공격에 직면했다니까요."

"하지만 그게 날 부른 이유는 아닌 것 같은데."

"아니죠. 아니, 그건 다른 이유예요. 솔직히 말씀드려서 전 좀 걱정이 돼요, 스티브. 저 때문은 아니고, 앤절라 때문에요. 그러니까, 그냥 이해를 못 하겠어요."

"뭘 이해해야지?"

"음, 말씀드린 대로…… 그러니까, 부엌으로 가시겠어요? 제가 커피를 끓이고 토스트를 만들 수 있게? 괜찮죠?"

"그럼."

그들은 부엌으로 갔다. 카렐라는 테이블 앞에 앉아 담배에 불을 붙였다. 토미는 커피머신에 커피를 넣기 시작했다.

"밤새도록 못 잤어요." 토미가 말했다. "계속 신혼여행을 생각했죠. 우리 둘만 있을 때를요. 대체 제가 뭘 해야죠, 스티브? 그러니까, 그녀가 형님의 여동생인 걸 알지만 제가 어떡해야죠? 어떻게 시작해야 할까요? 전 그 여잘 사랑합니다. 그녀에게 어떤 상처도 주고 싶지 않다고요!"

"자넨 안 그럴 거야. 진정해, 토미. 그 애를 사랑하고, 그 애와 결혼하고, 자네의 남은 생을 함께할 거라는 것만 기억해."

"이런, 사실을 말씀드릴게요, 스티브. 그게 두렵더라도요."

"두려워하지 마." 그가 사이를 두었다. "아담과 이브에게 결혼 설명서 같은 건 없었어, 토미. 그리고 그들은 잘해 나갔지."

"네, 뭐 그러길 바라요. 정말요. 전 대체 그녀에게 무슨 말을 해야 할지 알고 싶을 뿐이에요." 짜증스러운 표정이 그의 얼굴을 스쳤고, 카렐라는 순간적으로 미소를 지었다.

"어쩌면 어떤 말도 할 필요가 없을지 몰라." 카렐라가 말했다. "아마 그 애는 이해할 거야."

"맙소사, 그러길 바랍니다." 토미가 주전자를 스토브에 올리고 토스터에 빵 두 조각을 넣었다. "하지만 제 손을 잡아 달라고 형님께 전화드린 건 아니에요. 다른 게 있어요."

"그게 뭐지?"

"음, 제가 한숨도 못 잤다고 말씀드렸잖아요. 그래서 좀 일찍 깬 것 같아요. 그리고 우유를 가지러 갔고요. 배달부는 그걸 문밖에 두죠. 갓 제대했을 땐 매일 아침 가게에 가곤 했어요. 하지만 지금은 배달시키죠. 좀 더 비싸긴 하지만……,"

"계속해 봐, 토미."

"네, 그러니까 우유를 가지러 갔을 때 문밖 바닥에 이 작은 박스가 놓여 있는 걸 봤어요."

"어떤 박스?"

"아주 작은 박스요. 반지가 든 박스 같은 거, 아시죠? 그래서 주워서 봤더니 위에 메모가 있더라고요."

"뭐라고 쓰여 있었지?" 카렐라가 물었다.

"음, 잠시만요, 보여 드릴게요. 전 우유를 마시면서 그 상자를 침실로 가져갔어요. 아주 고급 포장지로 포장돼 있었던 데다, 스티브, 큰 리본이 달려 있었고, 그 리본에 쪽지가 붙어 있었죠. 누가 보냈는지 모르겠어요. 아마 장난일 거라고 생각했죠. 친구 중 하나의. 아시잖아요."

"열어 봤어?"

"네."

"뭐가 들었지?"

"직접 보세요, 스티브."

그는 부엌에서 나가 아파트를 가로질렀다. 카렐라는 침실에서 서랍을 여닫는 소리를 들었다. 토미가 부엌으로 들어왔다. "이게 쪽지예요." 그가 말했다.

카렐라는 작은 직사각형 위의 손으로 쓰인 메시지를 관찰했다.

신랑에게

“박스는?” 그가 말했다.

“여기요.” 토미가 말했다. 그가 카렐라에게 작은 박스를 내밀었다. 카렐라는 식탁에 그것을 올려놓고 뚜껑을 열었다. 이내 그는 재빨리 그 뚜껑을 다시 덮었다.

박스 한구석에 도사리고 있는 것은 독거미였다.

2

카렐라는 즉시 그 상자를 옆으로 치웠다. 완전한 공포가 그의 얼굴을 스쳤고, 그의 눈과 입가에 여전히 그 공포가 어려 있었다.

"그래요." 토미가 말했다. "제가 느낀 게 바로 그거였죠."

"자넨 그 박스에 뭐가 들었는지 말했어야 해." 카렐라는 미래의 매제가 사디스트 같은 게 아닐지 생각하면서 그렇게 말했다. 그는 거미를 좋아한 적이 없었다. 전쟁 중 태평양의 어느 섬에 주둔한 동안 그는 일본인과 싸웠던 것처럼, 기어 다니는 정글 거미들과 격렬히 싸웠다. "자넨 이게 누군가의 장난이라고 생각하나?" 그가 믿기지 않는다는 듯 물었다.

"그 박스를 열기 전엔 그랬죠. 이젠 모르겠어요. 누군가에게 독거미를 주려면 꽤 이상한 유머 감각이 있어야 할 거예요. 어떤 종류의 거미라도요, 맙소사!"

"커피는 다 됐나?"

"거의요."

"정말 한잔 마셔야 할 것 같군. 거미가 내게 두 가지 영향을 끼쳤어. 입이 마른 것과 온몸이 근질근질하다는 거."

"저도 근질근질해요." 토미가 말했다. "텍사스에서 신병 훈련을 받던 때 우린 매일 아침 신기 전에 군화를 털어야 했죠. 타란툴라가 그 안에 들어가지 않았는지 확인하려면……."

"제발!" 카렐라가 말했다.

"그래요, 소름 끼치지 않아요?"

"자네 친구 중에 누가…… 이상한 유머 감각이 있는 사람이라도 있나?" 그가 침을 삼켰다. 입 안에 침이 마른 것 같았다.

"뭐, 몇몇 이상한 사람을 알지만," 토미가 말했다. "이건 좀 과하다고 생각하지 않으세요? 그러니까, 이건 좀 색다르다고요."

"좀." 카렐라가 말했다. "커피는 어떻게 됐어?"

"잠시만요."

"물론 장난일지도 모르지, 누가 알겠어?" 카렐라가 말했다. "일종의 결혼 장난 말이야. 어쨌든 거미는 고전적 상징이니까."

"뭐에 대한요?"

"질膣에 대한." 카렐라가 말했다.

토미의 얼굴이 붉어졌다. 목에서 시작한 연붉은 얼룩이 빠르게 얼굴로 번졌다. 카렐라가 직접 보지 않았다면 그것을 믿지 않았을 것이었다. 그는 재빨리 화제를 바꾸었다.

"아니면 그건 결혼에 관한 일반적인, 부적절한 장난일지도 몰라. 알잖아. 암컷 독거미는 짝짓기 상대를 먹어 치운다는 거."

다시 토미의 얼굴이 붉어졌고, 카렐라는 예비 신랑에게 안전지대는 없다는 것을 깨달았다. 그리고 그는 간지러움을 느꼈다. 그리고 목이 말라 있었다. 그리고 장래의 어떤 매제도 이렇게 이른 아침에 사람에게 거미를 튕기게 할 빌어먹을 권리는 없었다. 특히 일요일 아침에.

"그리고 물론," 카렐라가 말을 이었다. "더 불길한 함축적 의미가 있어. 우리가 그걸 찾아내기만 한다면."

"네." 토미가 말했다. 그는 스토브를 힐끗 보았다. "커피가 다 됐어요." 그가 식탁으로 주전자를 가져와 붓기 시작했다. "장난은 장난이지만 제가 그 상자에 손을 넣었다가 물렸다면요? 그 거미는 독이 있잖아요."

"내가 손을 넣었다면?" 카렐라가 물었다.

"제가 말렸을 거예요, 걱정 마세요. 하지만 제가 그걸 열었을 땐 여기에 아무도 없었어요. 저는 물렸을 수도 있죠."

"그게 자넬 죽였을진 의심스러운데."

"맞아요. 하지만 위독했을지도 몰라요."

"어쩌면 누군가는 자네가 결혼식을 놓치길 바랐는지도 모르지." 카렐라가 말했다.

"그런 것 같아요. 다른 생각도 했어요."

"무슨?"

"왜 독거미black widow를 보냈을까? 과부widow. 제 말을 아시겠어요? 그건 거의 마치…… 음…… 아마 앤절라가 같은 날 신부이자 과부가 될 거라는 암시일지 모르죠."

"자넨 적이 많은 사람처럼 말하는군, 토미."

"아니요. 하지만 전 그게 암시일지 모른다고 생각했어요."

"그러니까 경고란 말이군."

"네. 그 박스를 연 이후 절 죽이고 싶어 하는 자가 누굴지 골똘히 생각했죠."

"그래서 떠오르는 사람이 있었나?"

"한 명이요. 그리고 그는 여기서 오천 킬로 밖에 있죠."

"누군데?"

"군대에서 알았던 사람이에요. 그는 자기 친구가 총에 맞은 책임이 나한테 있다고 했어요. 난 책임이 없어요, 스티브. 우린 어떤 저격수가 총을 쐈을 때 함께 순찰 근무 중이었어요. 전 총소리가 들리자마자 몸을 숙였고, 그 친구는 총에 맞았죠. 그래서 그의 친구가 나한테 책임이 있다고 주장했어요. 저격수가 있다고 소리쳤어야 했다면서요. 대체 내가 그걸 어떻게 외쳐야 했을까요? 전 그 총성이 들릴 때까지 알지도 못했고, 그땐 외치기에 너무 늦었죠."

"그 남자는 죽었나?"

토미는 머뭇거렸다. "네." 그가 마침내 말했다.

"그리고 그의 친구가 자넬 위협했고?"

"언젠가 절 죽이겠다고 하더군요."

"그 후에 어떻게 됐지?"

"집으로 보내졌어요. 동상인지 뭔지 때문에요. 정확히 모르겠어요. 그는 캘리포니아에 살아요."

"그 이후로 그에게서 들은 말은 없고?"

"네."

"그는 이런 짓을 할 사람이었나? 거미를 보내는?"

"저는 그를 잘 몰라요. 제가 아는 건 그가 아침 식사로 거미를 먹을 부류의 녀석처럼 보인다는 거죠."

카렐라는 커피가 목에 걸릴 뻔했다. 그는 커피를 내려놓고 말했다. "토미, 충고 하나 해 주지. 앤절라는 아주 예민한 여자야. 카렐라 가문의 내력 같은 거지. 자네가 당장 파혼당하고 싶지 않다면, 털북숭이라거나 기어 다닌다거나 하는 말은 하지 않는 게……."

"죄송해요, 스티브." 토미가 말했다.

"오케이. 그 친구 이름이 뭐지? 자넬 위협했다는 녀석?"

"소콜린. 마티 소콜린이요."

"사진 갖고 있나?"

"아니요. 제가 그 녀석 사진을 갖고 뭐 하겠어요?"

"한 부대에 있었다며?"

"네."

"제대하길 바라면서 모두 활짝 웃고 있는 부대원들 사진 없어?"

"없어요."

"그를 묘사할 수 있어?"

"아주 컸어요. 부러진 코에 우람한 체격이었죠. 레슬러처럼 보였어요. 검은 머리에 새카만 눈. 오른쪽 눈가에 작은 흉터. 늘 시가를 피우고 있었죠."

"전과가 있었던 것 같나?"

"몰라요."

"뭐, 우리가 체크해 보지." 카렐라는 잠시 수심에 잠겼다. "녀석이 그놈인 것 같진 않지만. 그러니까, 대체 자네가 오늘 결혼한다는 걸 그가 어떻게 알겠어?" 그가 어깨를 으쓱했다. "젠장, 어쨌든 이건 그냥 장난일 거야. 비뚤어진 유머 감각이 있는 누군가의."

"아마도요." 토미는 그렇게 말했지만 확신하는 것 같진 않았다.

"전화가 어딨지?" 카렐라가 물었다.

"침실에요."

카렐라는 부엌에서 발걸음을 옮겼다. 그가 멈춰 섰다. "토미, 자네 결혼식에 추가 하객 몇 명을 초대해도 괜찮겠나?"

"그럼요. 왜요?"

"음, 이게 장난이 아니라면, 아마 장난이겠지만, 하지만 아니라면 신랑에게 무슨 일이 생기지 않아야 하지 않겠어?" 그가 씩 웃었다. "그리고 경찰 형님을 둔 매제한테 좋은 점이라면, 필요할 땐 언제든 보디가드를 둘 수 있다는 거지. 일요일이더라도 말이야."

경찰에게 일요일 같은 날은 없다. 일요일은 정확히 월요일과 화요일과 나머지 요일들과 같다. 일요일이 근무일이라면 어쩔 수 없다. 경찰국장이나 사제나 시장에게 따지러 가지 마라. 형사반으로 가라. 만약 크리스마스를 축하하지 않는 경찰과 근무일을 바꾸지 못한 채 크리스마스가 근무일이 된다면 그 또한 지극히 불행한 일이다. 경찰서 내에서 인생은 메리 근무일일 뿐이다.

6월 22일 일요일 아침, 2급 형사 마이어 마이어는 87분서 형사실에 있었다. 오전 8시에 시작해 저녁 6시까지 근무할 여섯 명의 형사를 책임지기에 나쁜 날은 아니었다. 대기 중에는 미풍이 살랑였고, 하늘은 구름 한 점 없이 파랬고, 햇살은 형사실의 그물망 유리창으로 쏟아지고 있었다. 시간이 지남에 따라 누추해진 형사실은 이런 날 꽤 편안했다. 도시의 기온이 32도로 급상승하는 날들이 이어졌고, 이런 날 87분서 형사실은 거대한 철관이나 다름없었다. 하지만 오늘은 아니었다. 오늘은 바지가 엉덩이로 말려 올라가지 않고 앉을 수 있었다. 오늘은 형사실 바닥의 정체를 알 수 없는 작은 웅덩이로 녹아들 위험 없이 보고서를 타이핑하거나 전화를 받거나 파일을 파고들 수 있었다.

마이어 마이어는 아주 만족했다. 파이프를 뻐끔뻐끔 피우고 책상 위의 수배 전단을 살피면서 6월에 살아 있다는 것이 얼마나 멋진지 생각했다.

95킬로그램에 맨발로 서도 186센티미터인 밥 오브라이언이 형사실을 쿵쿵거리며 가로질러 마이어의 책상 옆 의자에 털썩 주저앉았다. 만약 징크스가 있는 형사가 있다면 그것은 오브라이언이었기 때문에 마이어는 즉시 불길한 예감을 느꼈다. 수년 전 어쩔 수 없이 이웃집 정육업자—그가 소년이었을 때부터 알았던 남자—를 죽여야 했던 때 이래 오브라이언은 총격전이 절대적으로 필요한 곳에서 끊임없이 자기 자신을 발견하는 것처럼 보였다. 그는 정육업자 에디를 죽이고 싶지 않았다. 하지만 에디는 정신이 나간 채 무고한 여자에게 식칼을 휘두르며 가게에서 미친 듯이 뛰어나왔다. 오브라이언은 그를 말리려고 했지만 소용이 없었다. 에디는 그를 보도에 쓰러뜨린 다음 식칼을 들어 올렸고, 오브라이언은 반사적으로 리볼버를 빼 발포했다. 그는 한 방에 에디를 죽였다. 그리고 그는 그날 밤 집으로 가 아기처럼 울었다. 그 이래 그는 여섯 사람을 죽였다. 총격 때마다 그는 총을 뽑고 싶지 않았지만 상황이 그를 합법적인 살인을 하게 몰아갔다. 그리고 어쩔 수 없이 사람을 죽이게 됐을 때마다 그는 울었다. 드러내 놓고는 아니더라도. 가장 아픈 곳인 마음으로 울었다.

87분서 경찰들은 미신을 믿는 무리는 아니었지만 그럼에도 그들은 밥 오브라이언과 함께 불평에 대처하는 일은 피했다. 오브라이언과 함께라면 총질이 있을 수밖에 없었다. 그들은 그 이유를 알지 못했다. 그것은 분명 밥의 잘못이 아니었다. 총을 뽑는 상황에서 그는 늘 마지막으로 총을 들었고, 절대적으로 필요한 상황이 되지 않는 한 절대 총을 쏘지 않았다. 하지만 오브라이언과 함께라면 여지없이 총격이 뒤따랐으며, 87분서 경찰들은 오래지 않아 총격전에 휘말리게 될 평범한 인간들이었다. 그들은 만일 오브라이언이 여섯 살짜리 아이들이 하는 구슬치기를 말리러 출동한다면 그 여섯 살짜리 중 하나가 거짓말처럼 기관단총을 꺼내 들고 그것을 난사하리라는 것을 알았다. 그것이 밥 오브라이언이었다. 불운이 따르는 경찰.

오브라이언은 10년째 경찰 생활을 해 왔고, 그중 4년을 87분서에 있었다. 따라서 그 이야기는 물론 순전히 경찰의 과장이었고, 그는 그 기간 중 단 일곱 사람을 쐈을 뿐이었다. 지금도 그것은 꽤 일반적인 수준이었다.

"요즘 어때, 마이어?" 그가 물었다.

"오, 아주 좋아." 마이어가 말했다. "아주 좋지, 고마워."

"난 늘 궁금해."

"뭐가?"

"미스콜로."

미스콜로는 복도를 따라 있는 서무과의 서무 담당 순찰 경관이었다. 마이어는 그를 거의 궁금해하지 않았다. 사실 그는 그에 관해 거의 생각조차 하지 않았다.

"미스콜로한테 무슨 문제 있어?" 그가 이제 물었다.

"그가 타는 커피 말이야." 오브라이언이 말했다.

"그가 타는 커피에 무슨 문제 있어?"

"그는 커피를 잘 탔단 말이야." 오브라이언이 부럽다는 듯이 말했다. "내가 잠복 같은 일을 끝내고 들어오면, 특히 겨울에 말이야, 미스콜로의 커피가 날 기다리고 있는 때를 잊을 수가 없어. 정말이야, 마이어. 그게 날 왕자처럼 느끼게 해 줬다니까. 상습적인 왕자로. 넉넉한 양에 냄새하며, 풍미하며."

"자넨 경찰 일로 시간을 낭비하고 있어." 마이어가 말했다. "진지하게 하는 말이야, 밥. 자넨 텔레비전 아나운서가 됐어야 해. 그런 식으로 커피를 팔면……,"

"제발, 난 진지하다니까."

"미안. 그러니까 이제 그의 커피에 문제가 있다는 거야?"

"몰라. 이제 전 같지 않을 뿐이야. 그게 언제 바뀌었는지 알아?"

"언제?"

"그가 총에 맞은 이후로. 정신 나간 여자가 여기에 TNT병을 들고 와서 미스콜로를 쐈을 때를 기억하지? 그때 기억나?"

"기억하지." 마이어가 말했다. 그는 아주 잘 기억했다. 작년 10월 버지니아 도지가 그에게 총을 휘두른 증표인 흉터가 아직도 남아 있었다. "그래, 기억하고말고."

"그러니까, 미스콜로가 퇴원하고 다시 출근한 첫날, 커피에서 안 좋은 냄새가 나기 시작했어. 뭣 때문에 그런 것 같아, 마이어?"

"젠장, 몰라, 밥."

"나한텐 그게 경이로워서 그래. 진심이야. 어떤 사람이 총에 맞았고, 갑자기 더 이상 커피를 맛있게 못 탄다니. 나한텐 이제 그게 세계 팔 대 불가사의야."

"왜 미스콜로에게 묻지 않는 거야?"

"이제 내가 어떻게 그러겠어, 마이어? 그는 자기가 타는 커피를 자랑스럽게 여긴단 말이야. 왜 갑자기 커피가 맛없어졌냐고 물을 수 있을 것 같아? 어떻게 그러냐고, 마이어?"

"그럴 수 없겠지."

"게다가 내가 나가서 커피를 사 오면 그가 상처받을 거야. 내가 어떻게 해야 해, 마이어?"

"맙소사, 밥, 몰라. 자넨 문제가 있는 것 같아. 작업요법신체나 정신 장애가 있는 사람에게 적당한 육체 작업을 하도록 함으로써 신체 운동 기능이나 정신 심리 기능의 개선을 꾀하는 치료법을 받아 보지그래?"

"응?"

"우리가 며칠 전에 잡은 강도의 목격자 몇 명에게 전화해서 더 많은 정보를 얻을 수 있는지 알아보는 게 어때?"

"내가 빈둥거리고 있다는 거야?"

"내가 그렇게 말했나, 밥?"

"난 빈둥거리는 게 아니야, 마이어." 오브라이언이 말했다. "난 그냥 커피가 마시고 싶을 뿐이고, 미스콜로의 커피를 마시는 게 역겹다고 생각한 거야."

"그럼 물을 마셔."

"아침 아홉 시 반에?" 오브라이언은 충격을 받은 것처럼 보였다. "당직 데스크에 전화해서 머치슨한테 커피를 살짝 사 달라고 하면 어떨까?"

마이어 책상 위의 전화기가 울렸다. 그가 수화기를 낚아채고 말했다. "팔십칠 분서의 마이어 형삽니다."

"마이어, 스티브야."

"어이, 친구. 거기가 쓸쓸한가, 응? 쉬는 날에도 전화하지 않을 수 없을 만큼."

"자네의 반짝이는 푸른 눈이 그리워서." 카렐라가 말했다.

"그래, 모두가 내 눈에 반하지. 오늘 자네 여동생이 결혼하는 줄 알았는데."

"맞아."

"그래서 뭐 내가 도와줄 일이라도 있는 거야? 결혼 선물로 몇 달러 필요하신가?"

"아니. 마이어, 새 스케줄을 보고 이번 주에 우리 조가 누구인지 봐 주겠어? 오늘 누가 쉬는지 알고 싶어서 그래."

"브리지카드 게임의 일종를 할 네 번째 사람이 필요한 거야? 잠깐 기다려." 그는 첫 번째 서랍을 열고 등사판지가 부착된 클립보드를 꺼냈다. 그는 집게손가락으로 그 페이지를 훑으며 표를 꼼꼼히 살폈다.

	일요일 6/21	월요일 6/22	화요일 6/23	수요일 6/24	목요일 6/25
오전8시에서 오후6시	마이어 ● 오브라이언 윌리스	필즈 ● 디마에오 러빈	카렐라 ● 호스 클링	브라운 메러디스 ● 케이퍽	마이어 오브라이언 ● 윌리스
오후6시에서 오전8시	브라운 ● 메러디스 케이퍽	마이어 ● 오브라이언 윌리스	필즈 ● 디마에오 러빈	카렐라 ● 호스 클링	브라운 메러디스 ● 케이퍽
비번	카렐라 호스 클링	브라운 메러디스 케이퍽	마이어 오브라이언 윌리스	필즈 디마에오 러빈	카렐라 호스 클링
순찰	필즈 디마에오 러빈	카렐라 호스 클링	브라운 메러디스 케이퍽	마이어 오브라이언 윌리스	필즈 디마에오 러빈

특별배정 : 알렉산더, 파커, 카소키안, 매스터슨
● 책임자

"오, 난 이 녀석들이 불쌍해." 마이어가 전화기에 대고 말했다. "누구 같은 멍청이와 한 조라니……."

"제발, 제발, 누구야?" 카렐라가 물었다.

"클링하고 호스."

"그들의 집 전화번호 알아?"

"더 필요하신 건 없으십니까, 선생님? 구두를 닦아 드릴까요? 바지를 다려 드릴까요? 일주일간 제 아내를 빌려 드릴까요?"

"마지막 건 나쁘지 않은 생각인데." 카렐라가 씩 웃으며 말했다.

"기다려. 이걸 받아 적을 연필 있어?"

"사라 전화번호?"

"여기서 사라는 빼 줘."

"그녀 얘기를 꺼낸 사람은 자네야."

"이봐, 난봉꾼, 전화번호가 필요한 거야, 아닌 거야? 우린 이 작은 형사반을 빡빡하게 돌리고 있다고."

"말해." 카렐라가 그렇게 말했고, 마이어는 그에게 그 전화번호들을 알려 주었다. "고마워. 지금 자네가 해 줬으면 하는 게 몇 가지 더 있어. 우선, 마티 소콜린이라는 녀석에 대해 알아봐 줘. 녀석은 캘리포니아에 살아서 아무것도 안 나올지도 몰라. 그리고 우린 FBI에 체크해 볼 시간이 없어. 그렇다면 우리 정보과에 전화해서 녀석이 지난 몇 년 내 여기에 나타난 적이 있는지 알아봐 줘. 가장 중요한 건, 녀석이 여기 있다면 찾아야 한다는 거야."

"난 자네가 쉬는 날이라고 생각했는데." 마이어가 이상하다는 듯이 말했다.

"성실한 경찰은 절대 쉬지 않는 법이지." 카렐라가 성실한 말투로 말했다. "이게 마지막이야. 우리 집에서 종이쪽을 가져갈 순찰 경관을 보내 주겠나? 그걸 감식반에 보내서 가능한 한 빨리 그에 관한 보고를 받고 싶어."

"우리가 여기서 개인 메시지 서비스를 한다고 생각하는 거야?"

"제발, 마이어, 빡빡하게 굴지 마. 난 삼십 분 내로 집에 도착할 거야. 정오 전에 소콜린에 대한 정보를 나에게 알려 줄 거지?"

"해 볼게." 마이어가 말했다. "쉬는 날에 기분 전환으로 또 하는 게 있나? 사격 연습?"

"안녕, 마이어. 버트하고 코튼에게 전화해야 해."

코튼 호스는 독신자 아파트에서 전화가 울릴 때 죽은 듯이 자고 있었다. 그에게 그 소리는 멀리서 따르릉대듯 아득하게만 들렸다. 2차 세계대전 중 초계 어뢰정에 탑승한 사람 중 전투 배치를 알리는 경보의 외침에도 잠을 자는 기염을 토한 유일한 사람이 그였다. 그는 그 사건으로 어뢰 부사관 계급을 잃을 뻔했다. 하지만 그 배의 선장은 해군 통신국에서 레이더 전문가로 훈련받은 중위로, 어뢰torpedo와 발톱toenail도 구분할 줄 모르는 사람이었다. 그는 그 배를 실제로 지휘하는 사람, 수병과 관계가 돈독한 사람, 항해와 탄도학을 아는 사람이 자신이 아닌 코튼 호스라는 사실을 인지하고 자존심에 약간의 상처를 입었다. 그 중위(겨우 스물다섯임에도 선원들에게 '영감

님'이라고 불린)는 고향 뉴욕의 스키넥터디에서 디스크자키였었다. 그는 (중요한 순서대로) 그가 사랑한 레코드, 그가 사랑한 MG 컨버터블 그리고 고등학교 이래로 데이트해 온, 그가 사랑한 애너벨 타일러에게 안전하게 돌아가기만을 원했다. 그는 해군 지휘 계통이나 해군의 징계나 해군의 작전에 관심이 없었다. 그는 해야 할 일이 있다는 것을 알았고, 코튼 호스의 전적인 협력 없이는 그 일을 할 수 없다는 것을 알았다. 아마 호스가 일등 어뢰 부사관으로 강등되었다면 제독은 기뻐했을 것이었다.

"자넨 조심해야 할 거야." 그가 호스에게 말했다. "우린 또 있을 가미가제 공격 중에 자넬 자게 둘 수 없어."

"네, 중위님." 호스가 말했다. "죄송합니다. 저는 잠귀가 어둡습니다."

"난 전투 배치 신호가 울릴 때마다 자넬 깨울 수병을 배치할 생각이다. 그러면 해결되겠지."

"네, 중위님." 호스가 말했다. "감사합니다, 중위님."

"자넨 어떻게 저 지독한 소음에도 코를 골 수가 있지, 코튼? 우린 이물에 직격탄을 두 번 맞을 뻔했어."

"마이크, 저도 어쩔 수 없습니다." 호스가 말했다. "잠귀가 어둡다니까요."

"뭐, 이제부턴 누군가가 자넬 깨울 거야." 중위가 말했다. "이 빌어먹을 곳에서 살아남자고. 알았나, 코튼?"

그들은 그 빌어먹을 곳에서 살아남았다. 그들이 리도 해안에서

헤어진 후 코튼 호스는 그 중위의 소식을 들은 적이 없었다. 그는 중위가 뉴욕 스키넥터디에서 디스크자키 일로 돌아갔으리라 생각했다. 그리고 그 중위는 배를 침몰시키려는 일본인 파일럿의 추가적인 시도를 일시적으로는 좌절시킨 반면 모르페우스그리스신화의 잠의 신에 대한 승리는 기껏해야 임시방편이었다. 코튼 호스는 여전히 잠이 들면 누가 업어 가도 몰랐다. 그는 그것을 187센티미터에 86킬로그램이 나가는, 자신의 큰 덩치 탓으로 돌렸다. 그는 덩치 큰 남자는 많은 잠이 필요한 법이라고 주장했다.

저 먼 어딘가에서 전화가 계속 따르릉거렸다. 침대에서 움직임이 일더니 스프링이 삐걱거리는 소리가 들리고 시트가 젖혀지는 바스락 소리가 났다. 호스가 살짝 흔들렸다. 멀리서 따르릉거리는 소리가 이제 다소 커졌다. 이내 따르릉 소리에 더해 잠이 덜 깬 목소리가 들렸다.

"여보세요?" 목소리가 말했다. "누구요? 미안해요, 카렐라 씨, 그는 자고 있어요. 잠시 후에 전화 주시겠어요? 저요? 저는 크리스틴 맥스웰이에요." 목소리가 멈추었다. "아니요, 그를 지금 당장 깨울 건 없을 것 같아요. 그가 일어나면 전화하라고……," 크리스틴은 다시 말을 멈추었다. 코튼이 침대에 앉아 있었다. 그녀는 알몸으로 검은 수화기를 귀에 대고 전화 옆에 서 있었다. 수화기 너머로 넘긴 그녀의 금발 머리가 그 검은 플라스틱과 뚜렷이 대조되었다. 그는 기꺼이 그녀를 바라보았다. 수화기를 감싸 쥔 가는 손가락, 부드럽게 곡선을 그린 팔, 늘씬한 몸을. 그녀의 이마는 지금 찌푸려져 있었다. 그녀의 푸른 눈에 혼란스러운 빛이 어렸다.

"이런," 그녀가 말했다. "왜 애초에 형사반이라고 말하지 않으셨어요? 잠시만요. 그가 깨는지……,"

"일어났어." 호스가 침대에서 말했다.

"잠시만요." 크리스틴이 전화기에 대고 말했다. "이제 바꿔 드릴게요." 그녀가 송화구를 가렸다. "스티브 카렐라. 팔십칠 분서 사람이래."

"맞아." 호스가 전화기로 걸어가며 말했다.

"그건 당신이 오늘 출근해야 한다는 뜻이야?"

"모르겠어."

"약속했잖아. 오늘은……,"

"아직 그와 말도 안 했어, 자기." 호스가 그녀의 손에서 전화기를 부드럽게 가져갔다. "안녕, 스티브." 그가 하품을 하며 말했다.

"내가 자넬 침대에서 끌어냈나?"

"그래."

"오늘 바빠?"

"그래."

"내 부탁 들어줄 마음 없어?"

"없어."

"대단히 고마워."

"미안, 스티브. 데이트가 있어. 하브강으로 보트를 타러 가기로 했어."

“깰 순 없어? 도움이 필요해.”

“내가 만약 데이트를 깨면, 그 숙녀가 내 머릴 깰 거야.” 대화를 듣고 있던 크리스틴이 힘주어 고개를 끄덕였다.

“왜 이래. 자네 같은 한덩치가. 그 여잘 데려와도 돼.”

“그녀를 어디로 데려가는데?”

“내 동생 결혼식에.”

“난 결혼식 싫어.” 호스가 말했다. “그들이 날 불안하게 한다고.”

“누군가가 내 장래 매제를 협박했어. 아니면 적어도 그렇게 보여. 난 사람들 가운데 내가 믿을 수 있는 사람 몇 명이 있으면 좋겠어. 혹시 모를 경우를 대비해서. 어때?”

“음…….” 호스가 입을 뗐다. 크리스틴이 머리를 저었다. “안 되겠어, 스티브. 미안해.”

“공짜 술이 잔뜩 있어.” 카렐라가 말했다.

“안 돼.”

“그 여잘 데려와.”

“안 돼.”

“코튼, 부탁 좀 할게.”

“잠깐.” 호스가 그렇게 말하고 송화구를 덮었다.

“안 돼.” 크리스틴이 즉각 그렇게 말했다.

“당신을 초대했어.” 호스가 말했다. “결혼식에. 어때?”

“난 보트 타러 가고 싶어. 열여덟 살 이후로 보트를 타 본 적 없단 말이야.”

"다음 주 일요일에 가자, 오케이?"

"자긴 다음 주 일요일에 근무잖아."

"그럼 그 일요일에 쉴게, 오케이?"

"안 돼."

"크리스틴?"

"안 돼."

"자기?"

"오, 젠장."

"됐지?"

"젠장." 크리스틴이 다시 그렇게 말했다.

"스티브," 호스가 수화기에 대고 말했다. "갈게."

"젠장." 크리스틴이 말했다.

"어디서 만나?"

"정오쯤에 우리 집으로 올래?"

"그래. 주소는?"

"리버헤드 다트머스 팔백삼십칠 번지."

"거기서 봐."

"정말 고마워, 코튼."

"내 장례식에 꽃이나 보내 줘." 호스는 그렇게 말하고 전화를 끊었다.

크리스틴은 가슴 위에 팔짱을 끼고 씩씩거리며 전화기 옆에 서 있었다. 호스가 그녀에게 손을 뻗자 그녀가 말했다 "건들지 마세요, 호스 씨."

"자기……."

"자기라고 부르지도 마."

"크리스틴, 자기, 그 친구는 곤경에 빠져 있다고."

"우리가 보트 타러 갈 거라고 약속했잖아. 난 삼 주 전부터 준비했어. 이제……,"

"이건 나도 어쩔 수 없는 경우야. 저기, 카렐라는 내 친구야. 그리고 그 친군 도움이 필요해."

"그럼 나는?"

"내가 사랑하는 여자지." 호스가 말했다. 그는 그녀를 품 안으로 끌었다.

"그렇겠지." 크리스틴이 차갑게 대답했다.

"내가 자길 사랑하는 걸 알잖아." 그가 그녀의 코끝에 키스했다.

"물론. 자긴 날 사랑해, 알았어. 난 자기에게 즐거운 과부일 뿐이야. 난 자기가 서점에서……,"

"자긴 아주 사랑스러운 과부야."

"……꼬신 과부일 뿐이지."

"아주 사랑스러운 서점이지." 호스가 그렇게 말하고 그녀의 정수리에 키스했다. "당신 머리칼은 부드럽고 멋져."

"난 자기가 생각하는 것만큼 이 세상에 혼자가 아니야." 크리스틴이 말했다. 그녀는 여전히 가슴 앞에 팔짱을 끼고 있었다. "날 보트에 태워 줄 남자가 백 명은 있다고."

"알아." 그가 그렇게 말하며 그녀의 귓불에 키스했다.

"이 멍청이, 어쩌다 내가 자길 사랑하게 됐을까."

"알아." 그가 그녀의 목에 키스했다.

"그만해."

"왜?"

"왜인지 알잖아."

"왜?"

"그만둬." 그녀는 그렇게 말했지만 목소리는 부드러워졌고, 팔짱이 풀리기 시작했다. "자기 친구네 집에 가야 하지 않아?"

"정오에 가면 돼."

크리스틴은 말이 없어졌다. "자길 사랑해." 그녀가 말했다.

"나도 사랑해."

"그렇겠지. 장담하건대……,"

"쉬, 쉬." 그는 그렇게 말하며 그녀의 입을 찾았고, 그녀는 그의 목에 팔을 둘렀다. 그는 그녀에게 달라붙어 큰 양손으로 그녀의 금발 머리를 휘저었다. 그는 그녀에게 다시 키스했고, 그녀는 그의 어깨에 얼굴을 파묻었고, 그는 말했다. "이리 와. 어서."

"자기 친구. 그럴 시간이……,"

"시간 있어."

"가야 하……,"

"시간 있어."

"하지만 가야 하지……,"

"시간 있다니까." 그가 부드럽게 말했다.

버트 클링은 카렐라가 전화했을 때 일요일 신문의 만화를 읽고 있었다. 그는 딕 트레이시의 손목 무전기에 마지막으로 아쉬운 눈길을 던지고 전화를 받으러 갔다.

"버트 클링입니다." 그가 말했다.

"안녕, 버트. 스티브야."

"어어." 클링이 즉시 그렇게 말했다.

"바빠?"

"유도신문에 대답하지 않을래요. 무슨 일이에요? 왜요?"

"너무 퉁명스럽게 그러지 마. 퉁명스러움이 젊음을 돋보이게 하진 않는다니까."

"출근해야 해요?"

"아니."

"그럼 뭐예요?"

"오후에 내 여동생이 결혼해. 신랑이 협박에 해당하는 쪽지를 받았어."

"네? 왜 그는 경찰에 전화하지 않은 거예요?"

"했어. 그리고 이제 내가 자네에게 전화하는 중이야. 결혼식에 가고 싶지 않아?"

"언제요? 몇 시에?"

"열두 시에 여기로 올 수 있어?"

"오늘 밤 아홉 시에는 클레어를 데리러 가야 해요. 그녀가 보고 싶어 하는 영화가 있어요."

"오케이."

"지금 어딘데요?" 클링이 물었다.

"집이야. 리버헤드 다트머스 팔백삼십칠 번지. 정오까지 여기로 오겠어?"

"네. 이따 봐요."

"버트?"

"네?"

"총 가져와."

"오케이." 클링은 그렇게 말하고 전화를 끊었다. 그는 신문을 보러 돌아갔다. 그는 스물다섯 살의 키가 큰 금발이었고, 연한 금빛 털이 뒤덮고 있는 다리를 드러낸 팬티 바람의 그는 더 어려 보였다. 그는 안락의자에서 웅크리고 손목 무전기의 디자인을 다시 관찰하다가 클레어에게 전화하기로 마음먹었다. 그는 전화기로 걸어가 그녀의 전화번호를 돌렸다.

"클레어," 그가 말했다. "버트."

"안녕, 자기."

"난 오후에 결혼식에 갈 거야."

"자기 결혼식이 아니길 바라."

"아니야. 스티브 여동생. 같이 갈래?"

"안 돼. 아버지를 묘지에 태워다 드려야 한다고 했잖아."

"오, 그래, 맞아. 오케이, 그럼 아홉 시에 봐, 좋지?"

"좋아. 그 영화는 드라이브인이야. 괜찮지?"

"좋아. 영화가 지루하면 껴안을 수 있겠어."

"지루하지 않아도 껴안을 수 있어."

"근데 무슨 영화야?"

"예전 거지만," 클레어가 말했다. "자기가 좋아할 거야."

"그게 뭐냐고?"

"〈드래그넷1954년 잭 웹이 감독한 경찰 수사 범죄 영화〉." 그녀가 대꾸했다.

오전 10시 37분에 정보과에서 온 꾸러미가 형사실에 도착했다.

사실, 마이어 마이어는 그것을 보고 놀랐다. 이 마티 머시기가 전과가 있게 될 가능성은 처음에는 매우 희박했다. 그가 이 도시에서 전과가 있을 가능성에 더해, 그 가능성은 타당한 범주를 넘어섰다. 하지만 그는 전과가 있었고, 그 기록은 정보과에 방대한 파일로 남았으며, 이제 마이어의 책상 위에 그 파일의 복사본이 놓여 있었고, 그는 그것을 느긋하게 넘겨 보았다.

마티 소콜린은 대단한 도둑은 아니었다. 그는 어느 경찰 기준으로 봐도 하찮은 도둑도 아니었다. 그는 한 번 문제를 일으킨 사내였다. 그의 전과 기록이 정보과 파일에 남게 된 것은 캘리포니아에서 그가 이 도시로 휴가를 온 동안 문제를 일으켰기 때문이었다.

마티 소콜린이 토미 조르다노가 추측한 것처럼 동상 때문에 제대한 것이 아니었다는 사실은 어쩌면 중요했다. 분명한 사실은 그가 의가사제대했다는 것이었다. 하지만 그는 캘리포니아 패서디나에 있는 정신병원에 신경쇠약 환자로 보내졌다.

마이어 마이어는 토미의 동상 추정에 대해서는 아무것도 몰랐다. 하지만 그는 뉴러시니아neurasthenia 신경쇠약가 1차 세계대전 때는 단지 '전쟁신경증'이라고 불렸던 말의 현대 정신의학 용어라는 것을 알았다. 정신과 의사는 아마 그것을 과로나 장기적인 정신적 긴장에서 오는 신경쇠약이나 탈진으로 정의했을지도 몰랐다. 마이어는 그것을 단지 '전쟁신경증'이라고 불렀고, 소콜린이 1956년 여름 사회생활에 적합하다고 판단되었을 때 병원에서 퇴원했다는 사실에 주목했다.

그는 거의 2년 후인 1958년 3월까지는 법에 저촉되는 짓을 하지 않았다. 그때 샌프란시스코에 있는 페인트 회사의 세일즈맨으로 일하고 있었다. 그는 영업 회의 때문에 동쪽으로 왔고, 도심과 도심의 외곽 사이의 어느 바에서 어느 낯선 사람과 술을 마시기 시작했다. 저녁 어느 때인가 화제는 한국전쟁으로 바뀌었다. 그 낯선 이는 자신이 신체검사 탈락자라는 것을 인정했고, 오히려 그것을 기쁘게 여겼다. 심장에 약간의 잡음이 들리는 장애 때문에 그는 그 나이대의 남자들이 싸우러 나간 동안 회사에서 환상적인 출세를 할 수 있었다.

소콜린은 처음에는 그 남자의 넋두리에 가까운, 약간 취한 듯한 엄숙한 고백에 호응했다. 그는 그 낯선 이에게 한국전쟁에서 어느 군인이 임무 수행에 실패하는 바람에 죽은, 자신의 가장 친한 친구

중 하나에 대해 말했다. 낯선 이는 동정을 표했지만 소콜린에게는 그의 동정이 건성처럼 들렸고, 그 말을 가식적으로 느꼈다. 그 낯선 이가 무슨 일이 일어나고 있는지 완전히 깨닫기도 전에 그는 소콜린이 자신에게 탈영자, 기피자, 자신의 의무를 다하지 않은 또 다른 개자식이라고 욕설을 퍼붓고 있는 모습을 보았다. 낯선 이는 자리를 뜨려고 했지만 소콜린의 비이성적으로 치민 분노가 마침내 그로 하여금 바의 모서리에 맥주잔을 내리쳐 그 깨진 잔 조각을 쥐고 그 낯선 이에게 달려들게 했다.

그는 그 놀란 기피자를 죽이지는 않았지만 그를 심하게 벴다. 그리고 어쩌면 소콜린이 바에 늘어앉은 여섯 명의 목격자 앞에서 명확하고 뚜렷하게 일곱 음절의 말을 내뱉지 않았다면 그 공격은 2급 폭행으로 간주되었을지도 몰랐다.

그 말은 다음과 같았다. "죽여 버릴 테다, 이 개 같은 놈아!"

따라서 그 폭행은 '사람을 죽일 목적으로'라는 말이 제한하는 심원한 분위기로 급변했고, 기소장에 1급으로 적혔다. 형법 240조 위반에 대한 최대 형벌은, 2급 폭행이 최대 징역 5년인 데 비해 징역 10년이었다.

소콜린은 꽤 잘 해냈다. 그는 참전 용사였고, 그게 첫 범법 행위였다. 그럼에도 그것은 1급 폭행이었고, 판사는 벌금과 자애로운 머리 쓰다듬기로 그를 놓아줄 수 없었다. 유죄판결을 받은 그는 캐슬뷰 형무소에서 2년 형을 선고받았다. 그는 이상적인 재소자였다. 1년을 복역한 뒤 가석방을 신청했고, 위원회에 그의 확실한 일자리 제의가 제출되자마자 가석방이 승인되었다. 두 달 전인 4월 3일에 그는 캐슬뷰에서 석방되었다.

마이어 마이어는 전화기를 끌어당겨 카렐라의 집 전화번호를 돌렸다. 신호음이 세 번 울렸을 때 카렐라가 전화를 받았다.

"자네가 소콜린에 관해 알고 싶어 하는 걸 찾았어." 마이어가 말했다. "순찰 경관이 그 쪽지를 가지러 왔었나?"

"삼십 분쯤 전에." 카렐라가 말했다.

"음, 그 친구는 아직 여기로 돌아오지 않았는데. 정오쯤에 나갈 거야?"

"한 시 정각에."

"감식반에서 뭔가 찾아내면 내가 자넬 어디서 찾아야 해?"

"리버헤드 게이지와 애시 교차로에 있는 성심聖心 성당의 세 시 결혼식에서. 축하연은 어머니 집에서 다섯 시에 시작해. 야외에서 열릴 거야."

"거기 주소가 어떻게 돼?"

"찰스가 팔백삼십일 번지."

"오케이. 소콜린에 관한 이 정보를 알고 싶어?"

"알려 줘."

마이어는 그에게 그것을 알려 주었다.

그가 말을 마쳤을 때 카렐라가 말했다. "그러니까, 그는 가석방 중인 거지? 확실한 일자리 제안을 갖고 캘리포니아로 돌아갔고."

"아니, 스티브. 난 그런 말 한 적 없어."

"그럼 녀석이 어디 있는데?"

"바로 여기에. 그 일자리 제안은 이 도시에서 한 거야."

3

안토니오 카렐라는 화창한 일요일 오후 1시 30분쯤 아내를 쏘고, 아들의 목을 조르고, 딸과 의절하고, 빌어먹을 결혼 자체를 취소할 준비를 하고 있었다.

일단 토니는 결혼에 대한 비용을 치렀다. 딸의 결혼은 이번이 처음–그리고 마지막, 하느님, 감사합니다–이었다. 스티브가 테디와 결혼했을 때, 축하연의 비용을 치른 사람은 테디의 부모였다. 이번에는 그렇지 않았다. 이번에 토니는 거금을 들였고, 그는 그 결혼에 낮잡아서 자신의 빵집에서 1년간 벌어들이는 돈의 반이 들리라는 것을 알아 가는 중이었다.

도둑 중 가장 큰 도둑은 자신들 스스로 결혼 피로연 주식회사라고 부르는 자들이었고, 그는 그 사기꾼들을 체포하라고 스티브에게 부탁할 마음이 반쯤 있었다. 그들은 찰스가의 집에 (토니가 일요일 아침 빵을 구우며 빵집에서 밤을 새운 후인) 아침 9시에 도착했고, 카렐라가의 뒷마당을 난장판으로 바꾸어 놓았다. 리버헤드에 있는 카렐라가의 집은 작았지만 그 집의 대지는 아마 그 거리에서 가장 큰 땅일 것으로, 집 뒤로 뻗어 나간 긴 직사각형의 땅이 거의 다음 블록에 닿을 정도였다. 토니는 자신의 땅을 매우 자랑스러워했다. 그가 자랑하는 뒷마당의 포도 덩굴은 그의 고향 마르살라이탈리아 시칠리아에 있는 도시에서 자라는 것들에 필적했다. 그는 무화과나무도 심었고, 여름에는 가지를 쳐 주고 겨울에는 추위에서 보호하기 위해 방수포를 덮어 주며 그것들을 사랑으로 키웠다. 그리고 이제 그 사기꾼들, 그 산적들이 그들의 테이블들과 그들의 터무니없는 깃발들과 꽃으로 장식한 캐노피들로 그의 잔디를 짓밟는 중이었다.

"루이자!" 그가 아내에게 소리쳤다. "대체 왜 홀을 빌릴 수 없는 거야? 대체 왜 야외 결혼식을 올려야 하는 거냐고! 홀이 나한테도 좋고, 당신한테도 좋고, 아들한테도 좋은데, 앤절라는 꼭 야외에서 결혼해야 하는 거냐고! 그래서 이 사기꾼들이 내 잔디를 엉망으로 만들고, 내 포도나무와 무화과나무 들을 망치도록 해야 하는 거냐고! 파초! 에 프로프리오 파초pazzo! È proprio pazzo 미쳤어! 정말 미쳤다고!"

"닥쳐요." 루이자 카렐라가 다정하게 말했다. "온 집 안을 깨우겠어요."

"온 집 안은 이미 깼다고!" 토니가 말했다. "게다가 집 안엔 나, 당신 그리고 오늘 결혼할 앤절라밖에 없는 데다, 어쨌든 그 애는 자고 있지도 않아!"

"출장 뷔페 사람들이 듣겠어요." 루이자가 말했다.

"내가 돈을 내는 거에 대해 그들은 들을 의무가 있어." 그렇게 대꾸하고 투덜거리며 침대에서 나왔던 토니는 테이블 세팅과 야외 신부 대기실과 밴드 스탠드와 댄스 플로어 공사를 감독하러 뒷마당으로 내려갔다. 그는 출장 뷔페 회사에서 온 사람들이 꽤 수준이 높다는 것을 알았다. 그들은 그의 뒷마당을 〈신부의 아버지〉(안토니오 카렐라, 내가 주연한. 그는 심술궂게 생각했다) 영화의 할리우드 세트장으로 탈바꿈시켰을 뿐 아니라 얼음으로 조각될 젊은 물고기 여자인 4미터 크기의 인어를 세우는 중이었고, 인어 아래에 조각된 얼음 조각 통에는 목마른 하객들을 위한 샴페인병들이 담겨 있었다. 토니는 햇살이 너무 강하지 않길 신에게 기도했다. 그는 물고기 여인이 얼음 통으로 녹으면서 샴페인이 미지근한 진저에일 같은 맛을 내기 시작하는 것을 상상했다.

1시 정각에 아들과 며느리가 도착했다. 이제 스티브는 토니가 대체로 의지할 수 있는 아들이었다. 스티브는 입대하기 전에 낮에 대학에 다니면서도 밤에는 빵집에서 일하곤 했다. 스티브는 믿을 만한 아들이었다. 그는 아버지가 믿을 수 있는 아들이었다. 오늘 그런 스티브마저 그의 화를 돋우었다. 하고 많은 날 중 오늘, 도둑놈 같은 결혼 피로연 주식회사가 잔디를 짓밟고 있는 오늘, 앤절라가 센차 카포senza capo 목 잘린 닭처럼 미친 듯이 뛰어다니는 오늘, 안토니오 카렐라의 세계가 천천히 그의 주위로 붕괴하고 있는 오늘, 그의 친

아들 스티브가 추가 하객 세 명을 달고 집에 오다니! 토니는 추가 비용을 신경 쓰는 게 아니었다. 아니, 그것은 그에게 전혀 문제가 아니었다. 따라서 그는 그 돈을 벌기 위해 빵집에서 넉 달 치의 일을 더 해야 할 터였다. 하지만 이 주식회사에 세 사람이 더 있고, 그들을 각각 다른 테이블들에 배치해야 할 것이라고 설명해야 했다. 스티브가 그러길 고집했다. 아니, 그는 친구들과 앉길 원치 않았다. 그는 한 명은 여기에, 한 명은 여기, 그리고 그 자신은 저기에 앉길 원했다! 파초pazzo 미쳐! 다른 모든 사람처럼 미친 아들.

그리고 빨간 머리에 한 터럭 흰머리–산구에 델라 마루치sangue della maruzz 달팽이의 피!–가 난 키 큰 사람. 그는 리버헤드의 모든 신부 들러리를 겁주기에 충분했다. 그리고 토니는 빨강 머리가 구두끈을 묶기 위해 허리를 굽혔을 때 그의 재킷 안에서 총을 보았다고 확신했다. 크고 검은 리볼버가 어깨 총집에서 삐져나와 있었다. 좋아. 아들이 경찰이 된 것은 좋은 일이지만 아들의 친구들이 비폭력적인 성스러운 결혼에 총을 가져온다고?

이내 앤절라가 시작했다. 1시 15분, 정확히 결혼식 전 1시간 45분 전에 그녀는 세상이 자신을 강간하려 한다는 듯이 울기 시작했다. 루이자가 양손을 맞잡고 뛰쳐나왔다.

"스티비," 그녀가 말했다. "그 애한테 올라가 보려무나. 그 애한테 괜찮을 거라고 말해 주련? 얼른. 동생한테 가 봐."

토니는 아들이 계단을 오르는 모습을 지켜보았다. 2층 침실 창에서 흘러나오는 통곡은 멈추지 않았다. 토니는 며느리 테디–코메 그란데com'è grande 얼마나 잘 컸는지, 그는 생각했다. 포베라 테오도라povera Theodora 가련한 테오도라!- 그리고 세 낯선 이, 미스터 호스, 미스터 클링 그리고 미스 맥스웰과 함께 앉아 와인을 마시며 아내를 쏘고, 아들의 목을 조르고 딸과 의절한 다음 빌어먹을 결혼 자체를 취소할 준비를 했다!

그는 테디가 손을 다독이기 전까지 씩씩대며 조바심을 냈다. 이윽고 그는 며느리에게 미소를 짓고 고개를 끄덕인 다음 불룩한 배에 손을 올리고 모든 것이 잘되길 바라며 어떻게든 자신, 안토니오 카렐라가 오늘 살아남길 바랐다.

앤절라의 침실 밖 복도에 선 카렐라는 문 너머로 동생이 흐느끼는 소리를 들었다. 그는 부드럽게 노크한 다음 기다렸다.

"누구야?" 앤절라가 목이 멘 목소리로 말했다.

"나야. 스티브."

"왜?"

"자, 슬림, 문 열어 봐."

"저리 가, 스티브."

"날 쫓아낼 수 없을걸. 난 치안 방해를 조사하는 경찰이니까." 확신하진 못 했지만 그는 문 너머에서 동생이 웃음을 억누르는 소리를 들었다고 생각했다. "슬림?" 그가 말했다.

"뭐?"

"내가 문을 걷어차야겠어?"

"오, 잠깐." 앤절라가 말했다. 그는 문으로 다가오는 발소리를 들었다. 잠금장치가 풀렸지만 앤절라는 문을 열지 않았다. 그는 물러나는 그녀의 발소리를 들은 뒤 그녀가 몸을 던졌을 때 난 침대 스프링의 삐걱거리는 소리를 들었다. 그는 천천히 문을 열고 방으로 들어갔다. 앤절라는 베개에 얼굴을 파묻고 침대에 대자로 엎드려 있었다. 그녀는 슬립 바람이었고, 갈색 머리는 어깨 위에 제멋대로 흐트러져 있었다. 슬립이 말려 올라가서 나일론 스타킹을 팽팽하게 조인 파란색 가터벨트가 드러났다.

"드레스 내려." 카렐라가 말했다. "엉덩이 다 보인다."

"이건 드레스가 아냐." 앤절라가 뿌루퉁하게 말했다. "슬립이지. 그리고 누가 오빠더러 보래?" 하지만 그녀는 즉시 다리 위로 슬립을 내렸다.

카렐라가 침대 끝에 앉았다. "무슨 문제 있어?"

"문제 없어." 그녀가 사이를 두었다. "아무 문제도." 이내 불쑥 침대에 앉은 그녀는 갈색 눈을 오빠에게 향했다. 먼 옛날 시칠리아의 섬을 방문한 아랍인을 증명하는 듯한 이국적인 색조를 띤 예쁜 얼굴, 개량된 카렐라의 얼굴, 광대가 솟은 얼굴에 담긴 눈은 놀랄 만큼 동양적이었다. "그와 결혼하고 싶지 않아." 그녀가 말했다. 그녀가 사이를 두었다. "그게 문제야."

"왜?"

"그를 사랑하지 않아."

"오, 젠장." 카렐라가 말했다.

"난 욕을 좋아하지 않아, 스티브. 알잖아. 우리가 어렸을 때도 난 욕은 못 참았어. 오빤 날 약 올리려고 일부러 욕하곤 했지. 그리고 그거, 날 '슬립'이라고 부르면서."

"'슬립' 사건은 네가 시작했잖아." 카렐라가 말했다.

"안 그랬어." 앤절라가 그에게 말했다. "오빠가 그랬지. 왜냐하면 오빤 못됐고 끔찍했으니까."

"난 너한테 사실을 말했어." 카렐라가 말했다.

"열세 살짜리 여자애한테 여전히 면 슬립을 입고 있으니까 진짜 여자가 아니라고 말하는 건 좋지 않아."

"널 성숙한 길로 이끈 거였어. 그 후에 넌 엄마한테 나일론 슬립을 사 달라고 했잖아. 아니야?"

"그래. 그리고 엄마는 안 된다고 했지."

"그건 적절한 처사였어."

"오빤 나한테 열등감을 느끼게 했어."

"난 너한테 성숙한 여자로 가는 신비로운 길에 눈을 뜨게 해 준 거야."

"오, 젠장." 앤절라가 그렇게 말했고, 카렐라는 웃음을 터뜨렸다. "안 재밌어. 난 그와 결혼하지 않을 거야. 그에 관한 모든 게 싫어. 그는 오빠보다 더 상스러워. 욕도 더 많이 해. 게다가……," 그녀가 말을 멈췄다. "스티비, 난 두려워. 스티비, 어떡해야 할지 모르겠어. 난 무서워."

"진정해." 그가 말했다. "진정해." 그리고 그는 동생을 품에 안고 머리를 쓰다듬으며 말했다. "무서울 게 전혀 없어."

"스티브, 그는 사람을 죽였어. 그거 알아?"

"나도야."

"알아. 하지만…… 우린 오늘 밤 ……바로 이 도시에서 ……세상에서 가장 큰 호텔 중 하나에 단둘이 있을 거란 말이야. ……그리고 난 나와 막 결혼하려는 남자를 알지조차 못해. 그에게 어떻게 그걸…… 그걸…… 허락해야 할지……."

"엄마랑 얘기했어, 슬립?"

"응, 엄마랑 얘기했어."

"엄마가 뭐라셔?"

"'사랑한다는 건 두려울 게 아무것도 없는 것'이라고 하셨어. 그 이탈리아어를 대충 번역한 거야."

"엄마가 옳아."

"알지만…… 난 내가 그를 사랑하는지 확신이 없어."

"나도 내 결혼식에 똑같이 느꼈어."

"오빤 교회에서의 온갖 소리를 듣지 않았잖아."

"알아. 하지만 축하연이 있었잖아. 그게 신경이 곤두서는 거야."

"스티브…… 내가 열여섯 살이었던 것 같은데, 그때 어느 날 밤 기억나? 오빠가 막 경찰이 됐을 때. 기억나? 난 막 데이트에서 돌아왔고, 이 방에 앉아서 자기 전에 우유를 마시고 있었어. 아주 늦은 밤이었으니까 오빤 네 시에서 자정까지 근무였을 거야. 그리고 오빤 막 돌아온 참이었지. 오빤 여기 서서 나랑 우유를 마셨어. 기억나?"

"그래, 기억나."

"번바움 아저씨네 집 불이 길 건너에 켜져 있었어. 우린 저 창문으로 그걸 볼 수 있었어."

그는 그 창밖을 내다보았다. 아버지의 길쭉한 뒷마당 너머 아버지의 가장 친한 친구이자 40년 동안 이웃이었던 조지프 번바움의 박공집이 보였다. 그는 그 봄날 밤을 또렷이 기억할 수 있었다. 뒷마당의 풀벌레 소리, 번바움네 다락방에 켜진 불빛, 그 집의 급하게 기운 지붕에 하릴없이 걸린 가늘고 노란 초승달.

"난 오빠한테 그날 밤 내게 있었던 일을 말했어." 앤절라가 말했다. "나랑 데이트했던 남자애에 대해…… 그리고…… 걔가 하려고 했던 거."

"그래, 기억나."

"난 엄마한텐 절대 그 얘길 하지 않았어." 앤절라가 말했다. "내가 말한 유일한 사람이 오빠야. 그런 일이 늘 일어나는지, 데이트한 남자애한테 내가 기대할 수 있는 게 그런 건지 오빠한테 물었지. 난 뭘 해야 할지, 어떻게 행동해야 할지 알고 싶었어. 오빠가 나한테 한 말 기억나?"

"그래." 카렐라가 말했다.

"오빤 내가 옳다고 느끼는 건 뭐든 해야 한다고 했어. 오빤 내가 뭐가 옳은지 알 거라고 했지." 그녀는 잠시 말을 멈추었다. "스티브…… 난 결코……,"

"엄마를 데려올까?"

"아니, 오빠랑 얘기하고 싶어. 스티브, 난 오늘 밤 뭘 해야 하는지 몰라. 나도 그게 바보 같단 걸 알아. 스물세 살이나 먹고 뭘 해야 하는지 알아야 하지만 몰라. 그리고 그가 날 더 이상 사랑하지 않을 거라는 게 두려워. 그는 실망할 거야. 그는……."

"쉬, 쉬." 그가 말했다. "자, 이제 됐어. 네가 원하는 게 뭐야?"

"오빠가 나한테 말해 줬으면 좋겠어."

그가 동생의 눈을 들여다보고 손을 잡으며 말했다. "난 그럴 수 없어, 슬립."

"왜?"

"왜냐하면 넌 더 이상 면 슬립을 입은 아기가 아니고, 첫 키스에 갑작스러운 혼란을 느끼는 소녀가 아니니까. 넌 여자야, 앤절라. 그리고 여자에게 사랑에 대한 지시 사항을 일러 주는 남자는 없어. 넌 그것들이 필요할 것 같지 않아. 정말 네가 그런 게 필요할 거라고 생각하지 않아."

"그게…… 잘될 거라는 거야?"

"잘될 거야. 하지만 난 네가 드레스를 입기 시작하는 게 나을 거라고도 생각해. 그렇지 않으면 넌 네 결혼식을 놓칠 거야."

앤절라가 침울한 표정으로 끄덕였다.

"어서. 넌 이 근방에서 가장 빌어먹게 예쁜 신부가 될 거야." 그는 그녀를 안아 주고 몸을 일으킨 다음 문으로 향했다.

"테디도…… 겁냈어?" 앤절라가 물었다.

"남매간의 충고를 하나 해 주지." 카렐라가 말했다. "난 테디가 겁을 냈는지 혼란스러워했는지 순진했는지, 뭐든 말해 주지 않을 거야. 결혼은, 앤절라, 다른 어떤 것보다 믿음에 기초한 사적인 거니까. 그리고 너와 토미 사이에 무슨 일이 있든, 오늘 밤이든 영원히든 그에 관해 아는 사람은 너희 둘뿐이어야 할 거야. 그리고 그게 결혼이 무서운 것 중에 하나지만…… 아주 빌어먹게 안심이 되는 것이기도 하지." 그는 침대로 돌아가 다시 동생의 손을 잡고 말했다. "앤절라, 걱정할 거 하나도 없어. 그는 널 너무 사랑해서 떨고 있어. 그는 널 사랑해, 인마. 좋은 사람이야. 잘 골랐어."

"나도 그를 사랑해, 스티브. 정말이야. 단지……,"

"단지는 없어. 대체 원하는 게 뭐야? 인생은 즐거운 경험뿐이라는 보증서? 음, 그건 아냐. 하지만 넌 새 출발을 하는 거고, 장래의 계획을 세울 수 있어. 그리고 넌 결혼의 중요한 구성 요소 중 하나와 함께 시작하는 거야." 그가 씩 웃었다. "곧 알 거야."

"오케이." 그녀가 그렇게 말하고 힘주어 고개를 끄덕였다.

"드레스 입을 거지?"

"응."

"좋아."

"오케이." 그녀가 더욱 강조해서 다시 그렇게 말했다. 그녀는 사이를 두었다. "하지만 오빤 적어도 나에게 한 가지 힌트도 주지 않은 멍청이야!"

"난 멍청이가 아니야. 다정한 오빠지."

"기분이 나아졌어, 스티브. 고마워."

"뭐가? 드레스나 입어. 파란 가터벨트가 아주 예쁜데."

"꺼져." 그녀가 그렇게 말했고, 그는 등 뒤로 문을 닫으며 빙긋 웃었다.

그 청년의 이름은 벤 다시였다.

그는 연푸른 눈에 매력적으로 웃는 스물여섯이었다. 푸른색 모헤어앙고라염소의 털. 명주같이 가늘고 광택이 나며 따뜻한 느낌을 주어 고급 양복감으로 많이 쓰인다 양복을 입은 그는 긴 다리로 성큼성큼 뒷마당을 가로질러 오더니 토니 카렐라가 하객들과 앉아 있는 뒷마당 포치 앞에 멈춰 섰다.

"안녕하세요, 카렐라 씨." 그가 말했다. "시끌벅적하군요. 기대되세요?"

"출장 뷔페 때문에." 토니가 수 킬로미터나 되는, 흰 테이블보처럼 보이는 잔디를 건너다보았다. "빨리 왔군, 벤. 축하연은 다섯 시에나 시작하는데."

"하지만 결혼식은 세 시예요. 제가 앤절라의 결혼을 놓칠 거라고는 생각하지 않으셨겠죠?"

"어쩌면 그 애가 놓칠 것 같아." 토니가 말했다. "내 며느리 테디를 아니? 이쪽은 벤 다시다."

"전에 뵌 것 같아요, 카렐라 씨." 벤이 말했다. 테디가 끄덕였다. 그녀는 허리가 불편해 죽을 지경이었다. 그녀는 등받이가 높고 딱딱한 의자를 원했지만 시아버지가 자신에게 포치에서 가장 안락한

의자를 내주었다는 것을 알았고, 시아버지의 기분을 상하게 하고 싶지 않았다.

"그리고 이쪽은 내 아들 친구분들이다." 토니가 말했다. "미스 맥스웰, 미스터 호스 그리고 미스터 클링. 이쪽은 벤 다시."

"벤이라고 부르세요." 벤이 모두에게 손을 흔들며 말했다. "저는 카렐라 집안을 가족의 일부라고 느낄 만큼 아주 오래 알아 왔어요. 제가 도와 드릴 게 있을까요, 카렐라 씨?"

"없다. 방해나 안 되면 돼. 이 테이블들과 저것들을 세팅하는 데 저들은 날 거치적거린다고 생각하니까." 그가 버려진 사람처럼 고개를 저었다.

"아저씨는 이 블록에서 가장 부자죠." 벤이 씩 웃으며 말했다. "이웃 모두가 그걸 알아요."

"그럼, 그렇고말고." 토니가 말했다.

"우리가 어렸을 때 아저씨는 빵집 뒷문으로 롤빵을 주곤 하셨어요. 하지만 이내 인색해지시기 시작하셨죠. 더 이상 롤빵은 없었어요." 벤이 어깨를 으쓱했다.

"거긴 공짜 구세군 수프 주방이었어." 토니가 말했다. "난 어느 날 내가 뒷문으로 오는 꼬마들에게 일주일에 롤빵 오백 개를 주고 있다는 걸 깨달았다! 난 그게 토니 카렐라의 피를 빨려고 부모들이 그 꼬마들을 보낸다는 것도 깨달았지. 더 이상 공짜 롤빵은 없어! 그렇고말고! 돈을 내야지! 내 빵집에서 외상은 사절이야!"

"아저씨는 여전히 롤빵을 거저 주신답니다." 벤이 정답게 말했다. "신세타령을 하기만 하면 토니 카렐라는 눈물을 흘리기 시작하시죠. 그 이야기가 그럴듯하면 아저씬 빵집을 그냥 내주실걸요."

"암, 물론이지. 록펠러 재단, 그게 나야. 난 건강을 위해 일을 하는 거야."

벤이 고개를 끄덕이며 빙긋 웃었다. 그가 한가로운 말투로 물었다. "당신들도 제빵업계의 신사들이신가요?"

클링이 대답할 준비를 하며 먼저 호스를 힐끗 보았다. 햇살이 내리쬐는 자리에 앉은 호스의 붉은 머리가 불타고 있었다. 한 터럭의 흰머리가 불타는 진홍색에 극명하게 대비되었다. 호스는 그야말로 제빵사처럼 보였다. 그가 클링의 시선을 알아채고 말했다. "아니요, 우린 제빵사가 아닙니다."

"그렇군요." 벤이 말했다. "당신들은 스티브의 친구들이시군요. 그렇죠?"

"네."

"경찰분들이신가요?"

"우리요?" 호스가 말했다. 그가 어처구니없다는 듯이 웃었다. "그럴 리가요. 아니요."

테디와 크리스틴이 그를 호기심 어린 눈으로 보았지만 두 사람은 그 어리둥절함을 배신하지 않았다.

"우린 행사 에이전트입니다." 호스가 뻔뻔하게 거짓말을 했다. "호스 앤드 클링이라고, 어쩌면 들어 보셨을지도 모르겠군요."

"아니요, 미안합니다."

"그렇군요." 호스가 말했다. "맥스웰 양은 우리 의뢰인 중 한 분이죠. 그녀는 언젠가 빅 스타가 될 겁니다, 이 여자분요."

"오, 정말요?" 벤이 말했다. "뭘 하시죠, 맥스웰 양?"

"저는……," 크리스틴이 입을 뗐다가 멈췄다.

"그녀는 엑조틱 댄서입니다." 호스가 대신 말했고, 크리스틴은 화난 눈초리로 그를 쏘아보았다.

"엑조……?" 벤이 말했다.

"스트립 댄서요." 호스가 설명했다. "우린 여기 계신 카렐라 씨께 크리스틴이 웨딩 케이크에서 튀어나오는 이벤트를 설득시키려고 했지만 좋은 생각이 아니라고 생각하시는 것 같습니다."

토니 카렐라가 웃음을 터뜨렸다. 벤 다시는 그 말을 확신하지 못하는 듯 보였다.

"호스 앤드 클링." 호스가 반복했다. "혹시 연예 공연에 관심이 있으시면 우리에게 전화 줘요."

"그러죠." 벤이 말했다. "하지만 제가 연예 공연에 관심을 갖진 않을 것 같아요. 저는 치과 의사가 되려고 공부 중이니까요."

"그건 고귀한 직업이지만," 호스가 말했다. "연예계의 화려함이 부족하죠."

"오, 치아는 꽤 흥미로울 수 있어요." 벤이 말했다.

"물론 그렇지만," 호스가 대꾸했다. "오프닝나이트의 흥분과 비교할 수 있을까요? 전혀요! 연예 공연만 한 사업은 없죠."

"그럴 것 같군요." 벤이 말했다. "하지만 전 치의학 공부를 하는 게 좋아요. 전 제가 나중에 치과의가 될 걸 상상하죠." 그가 사이를 두었다. "아시겠지만, 직업 의사가 되도록 저를 처음으로 확신시킨 사람이 앤절라였죠."

"몰랐군요." 호스가 말했다.

"오, 그래요. 저는 예전에 그 애와 데이트했었죠. 저는 그 애가 열일곱이었을 때 데리고 나가기 시작했고, 다음 오 년간 카렐라 집 안 이곳 문간에서 야영을 한 것 같아요. 아저씨는 그렇다고 안 하실 테죠, 카렐라 씨?"

"맞아, 저 친구는 성가신 녀석이었지." 토니가 동의했다.

"그 앤 멋진 여자예요." 벤이 말했다. "토미는 아주 운 좋은 사내죠. 앤절라 카렐라 같은 여자는 또 없을 거예요."

벤 뒤의 스크린 도어가 소리를 내며 닫혔다. 그가 획 돌아보았다. 스티브 카렐라가 포치에 나와 있었다.

그의 아버지가 올려다보았다. "그 애는 괜찮니?" 그가 물었다.

"괜찮아요." 카렐라가 말했다.

"여자들이란." 토니가 이해하기 힘들다는 듯이 그렇게 말하고 고개를 저었다.

"안녕, 벤." 카렐라가 말했다. "잘 지내?"

"좋아요. 고마워요. 형은요?"

"똑같지, 뭐. 좀 빨리 온 거 아니냐?"

"그런 것 같아요. 제가 도움이 될 수 있을지 잠깐 들러 볼까 생각해서 산책 나온 것뿐이에요. 앤절라는 괜찮아요?"

"그 애는 좋아."

"토미의 집에서는 모든 게 준비된 것처럼 보여요. 리무진이 벌써 거기 있더라고요."

"오?"

"넵. 거기까지 걸어갔더니 토미의 차고 진입로에 세워져 있더라고요."

"좋아. 그렇다면 난 출발하는 게 좋겠군." 그는 손목시계를 보았다. "여보, 버트와 내가 토미와 함께 탈게. 괜찮지?"

테디가 그를 올려다보았다. 그는 그녀의 풍부한 표정에서 순간적으로 어떤 뉘앙스를 읽었다. 태어난 이래 말을 빼앗긴 그녀는 눈과 입술을 통해 의미가 즉각 전달되도록 얼굴이 표현의 도구가 되었다. 자신의 말에 그녀의 불만을 예상했지만 지금 그녀의 얼굴을 읽은 그는 단지 어리둥절함만을 보았고, 그녀가 자신의 말을 못 '들었'음을 깨달았다. 말했을 때 그녀의 뒤에 서 있던 그는 그녀에게 자신의 입술을 읽도록 보여 주지 않았다. 이제 그는 그녀의 의자 옆에 무릎을 꿇었다.

"버트와 난 토미의 차를 타고 교회로 갈 거야. 괜찮겠어?"

그녀의 얼굴에는 여전히 불만의 빛이 보이지 않았다. 어리둥절함이 남아 있었고, 그것은 의혹을 나타내는 가늘어진 눈과 함께 나타났다. 그는 그 순간 자신이 아내에게 둘러대지 않았다는 것을 깨달았다. 아내에게 독거미와 관련된 일을 말하지 않았지만 테디 카렐라—그녀의 조용한 세계 속에서—는 이미 무언가가 잘못되었다는 것을 헤아리고 있었다. 호스와 클링의 존재가 사회적 편의의 충족은 아니었다. 그들은 결혼식 하객으로서가 아니라 경찰로서 여기에 있었다. 그녀는 고개를 끄덕인 다음 그에게 키스하기 위해 몸을 뻗었다.

"교회에서 봐." 그가 말했다. "괜찮지?"

그녀가 다시 끄덕였다. 여전히 허리가 불편해 죽을 것 같았지만 그녀는 그의 마음속에 임신의 수난보다 더 중요한 것이 있음을 감지했다. 그녀가 갑자기 환한 미소를 지었다. 카렐라는 그녀의 손을 꼭 쥐었다. "가자고, 버트." 그가 말했다.

4

카렐라와 클링이 도착했을 때 검은색 최고급 리무진이 조르다노네 집의 눈에 띄지 않는 차고 진입로에 세워져 있었다. 차는 거리 뒤쪽 차고에서 가까운, 좁다란 콘크리트 바닥에 서 있었다. 운전사는 눈에 띄지 않았다.

그들이 현관 포치로 오를 때 클링이 말했다. "장난이겠죠, 스티브. 우린 공연한 헛수고를 하는 거 같아요."

"뭐, 어쩌면." 카렐라가 그렇게 대꾸하고 초인종을 눌렀다. "하지만 조심해서 나쁠 것 없지 않겠어?"

"그렇겠죠. 그건 그렇고 난 코튼이 그의 금발 여자와 다른 데 있는 게 훨씬 나을 것 같다는 느낌이 들어요." 그가 말을 멈추었다. "연예 공연계 같은 데……."

"응?" 카렐라가 그렇게 말했을 때 토미가 문을 열었다.

"스티브, 오셨어요! 들어오세요. 옷을 입고 있던 참이에요. 보타이 매는 법 아세요? 삼십 분 동안 애써 봤지만 성과가 없네요. 들어오세요." 그가 호기심 어린 눈으로 클링을 보았다.

"이쪽은 버트 클링." 카렐라가 말했다. "이쪽은 내 장래 매제인 토미 조르다노. 버트는 나와 같은 형사반이야, 토미."

"오. 오, 그러시군요. 들어오세요. 난 이 모든 게 바보 같다고 생각해요. 그건 장난이겠죠."

클링이 카렐라의 눈을 힐끗 보았다. "뭐, 장난이거나 아니거나." 카렐라가 말했다. "버트와 내 다른 친구들이 결혼식과 축하연에 있을 거야."

"이렇게 해 주셔서 고마워요, 스티브." 토미가 말했다. "하지만 곰곰이 생각해 보니 그건 장난이 분명해요. 침실로 가시겠어요?"

그들은 그를 따라 집 안으로 들어갔다. 침실에서 토미는 옷장 맨 위 서랍에서 흰색 타이를 꺼내 카렐라에게 주었다. "여기요." 그가 말했다. "이 빌어먹을 걸로 뭘 할 수 있는지 봐 주시겠어요?"

그가 카렐라 앞에 섰다. 그가 턱을 치켜올렸고, 카렐라는 타이를 매기 시작했다.

"소콜린을 체크해 봤어." 카렐라가 말했다.

"그래서요?"

"난 자네가 걱정하길 원치 않지만…… 그는 이 도시에 있어. 사월에 출소해서."

"오."

"그게 여전히 장난이라고 생각하나?"

"젠장, 모르겠어요. 사람이 늘 원한을 품고 있을 거라고 생각하세요? 한국에서 일어난 일 때문에? 아니면 다른 뭔가……."

"한국에 있었습니까?" 클링이 흥미를 보이며 말했다.

"그래요. 당신도요?"

"그래요."

"육군?"

"네."

"난 통신대에 있었어요." 토미가 말했다. "인천 상륙작전 때 십 사단에요."

"저는 서울 수복 때," 클링이 말했다. "구 사단에 있었죠."

"워커 장군 밑에요?"

"네."

"맙소사, 우린 서울에서 일 군단과 구 군단과 있었군요. 이런, 우린 만날 수 있었을 만큼 가까이 있었던 게 분명해요."

"압록강으로 진격할 때 있었습니까?"

"그럼요."

"그래요?" 클링이 말했다. "세상이 좁군요."

"이제 당신은 경찰이고요?"

"네. 뭘 하시죠?"

"은행에서 일해요." 토미가 말했다. "간부 교육 중이에요." 그가 어깨를 으쓱했다. "제가 정말 되고 싶은 건 아니지만요."

"뭐가 되고 싶은데요?"

"야구 아나운서가 되고 싶어요. 어렸을 땐 꽤 괜찮은 포수였죠. 난 그 게임을 속속들이 알고 있어요. 존시가 돌아오면 물어보세요." 그가 카렐라를 향했다. "밖에서 걔를 못 보셨어요?"

"누구?" 카렐라가 말했다. "자, 타이가 됐어."

"존시요. 제 들러리. 제 가장 친한 친구이기도 한. 바람 좀 쐐야겠다면서 삼십 분 전에 나갔어요."

"턱시도를 입었나?"

"그래요."

"결혼식을 위해 옷을 차려입은 사람 봤어, 버트?"

"아니요."

"뭐, 올 거예요." 토미가 말했다. "이런, 그 녀석이 반지를 갖고 있길. 몇 시죠, 스티브?"

"두 시. 아직 한 시간 남았어. 긴장 풀어."

"뭐, 아시겠지만 거기에 좀 일찍 가야 해요. 사제관으로 가야죠. 저는 신부가 그 통로를 내려올 때까지 그녀를 보면 안 돼요. 형님 어머니는 대단하세요, 스티브."

"어째서?"

"불평하는 게 아니라요. 그분은 멋진 장모님이 되실 거예요. 하지만 방금 전에 전화했는데, 장모님은 앤절라와 얘기도 못 하게 하셨어요. 그건 좀 너무하다고 생각하지 않으세요?"

"그 애는 드레스를 입는 중이야." 카렐라가 말했다.

"그래요?" 토미의 눈이 빛났다. "어때 보여요? 분명히 아름다울 테죠."

"아름다워."

"그래요, 그럴 줄 알았어요. 긴장했던가요?"

"아주 많이."

"저도요. 커피 좀 드릴까요?"

"괜찮아."

"약간의 술은 어떠세요?"

"아니. 소콜린에 대해 듣고 싶어?"

"소콜린요? 그게 누구……? 오, 그럼요. 물론이죠." 토미는 재킷을 입었다. "자, 저는 다 됐어요. 어때 보여요? 면도가 잘됐나요?"

"잘됐어."

"오늘 밤 체크인할 때 아마 한 번 더 해야 할 거예요. 저는 숱이 많아서요. 당신 같은 금발은 행운이라니까요, 버트. 괜찮아 보여요, 스티브? 타이는 제대로 됐나요?"

"타이는 제대로 됐어."

"좋아요. 그럼 전 갈 준비가 다 됐어요. 이제 가야 하지 않아요? 두 시가 넘었죠?"

"자넨 가기 전에 뭔가 해야 할 것 같은데." 카렐라가 말했다.

"네? 뭘요?"

"바지를 입어야지."

토미가 털투성이 다리를 내려다보았다. "오, 하느님! 오, 맙소사! 맙소사, 아직 여기 있어서 다행이야! 어떻게 매일 하는 일을 잊어버릴 수가 있지, 맙소사!" 그는 재킷을 벗고 옷장의 옷걸이에서 검은색 바지를 가져왔다. "소콜린이 어쨌다고요?"

"그는 한국전쟁에서 죽은 친구에 대한 말다툼 때문에 감옥에서 일 년 있었어."

"그리 좋게 들리지 않는데요."

"아주 안 좋게 들리지. 난 녀석이 자넬 아주 많이 사랑한다고는 생각하지 않아."

현관에서 노크 소리가 들렸다. 토미가 고개를 들더니 어깨에 멜빵을 미끄러뜨렸다. "스티브, 가 봐 주실래요? 존시일 거예요."

카렐라가 현관으로 가 문을 열었다. 문 앞에 토미 나이대인 스물여섯이나 스물일곱쯤 되는 청년이 서 있었다. 갈색 머리를 짧게 깎았다. 회색 눈이 흥분으로 빛나고 있었다. 풀 먹인 흰색 셔츠와 턱시도 차림의 그는 매우 멋져 보였다. 자신과 비슷한 카렐라의 옷차림을 보고 그가 손을 내밀며 말했다. "안녕하세요. 결혼식 안내인인가요?"

"아니, 가족이야." 카렐라가 말했다. 그가 그 손을 잡았다. "스티브 카렐라네. 신부의 오빠지."

"샘 존스예요. 들러리죠. 존시라고 부르세요."

"오케이."

"우리의 신랑은 어때요?"

"긴장하고 있지."

"누군들 안 그러겠어요? 저는 나가서 걷지 않았으면 돌아 버렸을 거예요." 그들은 집 안을 가로질러 침실로 갔다. "너, 괜찮은 거야, 토미?" 존시가 물었다.

"괜찮아. 바지도 안 입고 나갈 준비를 했어. 좋아 보여?"

"당연히 좋아 보이지." 존시가 말했다.

"무릎에 뭐가 묻었어." 토미가 자신의 들러리의 바지를 내려다보며 말했다.

"뭐?" 존시가 그의 시선을 따랐다. "오, 이런, 이럴 줄 알았어. 나가다 앞 계단에 걸려서 넘어졌어. 빌어먹을!" 그가 바지에 힘차게 솔질을 시작했다.

"반지 갖고 있지?"

"넵."

"확인해 봐."

"갖고 있다니까."

"어쨌든 확인해 봐."

존시는 바지의 솔질을 멈추고 조끼 주머니에 검지를 넣었다. "여기 있어. 던져질 준비가 된 채. 존스에게서 조르다노에게로."

"존시는 우리 팀의 투수였어요." 토미가 말했다. "제가 포수였고. 그 말은 아까 내가 너한테 한 말 아니었냐?"

"존스에게서 조르다노에게로." 존시가 재차 그렇게 말했다. "재는 아주 좋은 포수였죠."

"네가 다했지." 토미가 바지 지퍼를 올리며 말했다. "됐어. 이제 재킷을 입어야지. 내가 구두를 신었던가?" 그가 자신의 발을 내려다보았다.

"얘는 매 경기 전에 이랬죠." 존시가 씩 웃으며 말했다. "제가 이 친구를 세 살 때부터 알았다는 게 믿기세요?"

"우린 함께 공원을 걷곤 했죠." 토미가 말했다. "존시는 무릎 관절 때문에 한국전쟁을 놓쳤어요. 그렇지 않으면 우린 거기에서도 함께였을 거예요."

"얘는 지구 상에서 가장 비열한 개자식이에요." 존시가 말했다. "내가 왜 얘를 좋아하는지 모르겠어요."

"음." 토미가 말했다. "우린 상호 유언을 남겼어요, 스티브. 그게 뭔지 아세요?"

"뭐지?"

"제가 제대했을 때 그걸 작성했죠. 번바움 아저씨의 아들이 우릴 위해 그걸 작성했어요. 번바움 아저씨와 아저씨의 아내분이 증인을 섰죠. 기억나, 존시?"

"당연하지. 하지만 이제 넌 네 걸 바꾸는 게 나을 거야. 몇 시간 내로 유부남이 될 테니까."

"맞아." 토미가 말했다.

"상호 유언이 뭘 뜻하는 거지?" 카렐라가 물었다.

"우리의 유언이요. 유언은 같아요. 만약 내가 죽으면 내가 소유한 모든 걸 존시가 갖고, 얘가 죽으면 얘가 소유한 모든 걸 제가 갖는 거죠."

존시가 어깨를 으쓱했다. "넌 이제 그걸 바꿔야 해."

"당연히 그럴 거야. 우리가 신혼여행에서 돌아오면. 하지만 난 그 유언을 한 번도 후회한 적 없어, 안 그래?"

"그럼요, 선생님."

"번바움 아저씨가 우리가 미쳤다고 생각한 거 기억나? 그렇게 젊은 녀석들이 왜 유언장을 작성하는지 알고 싶어 하셨잖아. 아저씨의 아내분은, 편히 잠드시길, 사인하는 동안 내내 혀를 차셨지. 그건 그렇고, 아저씨의 변호사 아들은 어떻게 된 거야?"

"지금 서부에 있어. 덴버나 어디에. 그는 거기서 큰 건이 있어."

"불쌍한 번바움 아저씨. 이 도시에 홀로 남겨졌네." 토미가 옷을 점검하기 위해 차려 자세를 취했다. "바지 입었고, 타이 맸고, 구두는 빛나고. 이제 됐지?"

"멋져." 존시가 말했다.

"그럼 가자. 아차, 담배." 그가 서랍에서 담배 한 갑을 낚아챘다. "반지 가졌지?"

"가졌어."

"다시 확인해."

존시가 다시 확인했다. "여기 있어."

"좋아, 가자. 몇 시지?"

"두 시 반." 카렐라가 말했다.

"좋아요. 좀 이르지만 좋아요. 가시죠."

그들은 집을 나섰다. 토미는 등 뒤로 문을 잠근 다음 왼쪽으로 몸을 돌려 옆집과 경계선을 이루는 키 큰 포플러들이 심긴 진입로를 향해 걸었다. 그들은 모두 장례식장의 엄숙한 분위기를 풍기며 차를 향해 걸었다.

“운전기사는 어딨지?” 토미가 물었다.

“내가 그에게 커피 한 잔 마시고 와도 된다고 했어.” 존시가 말했다. “이제 올 거야.”

“저기 오는군.” 클링이 말했다.

그들은 거리를 느긋하게 걸어오는 운전기사를 보았다. 그는 렌터카 서비스 회사의 챙이 있는 모자를 쓰고 검은 유니폼을 입은 키 작은 남자였다. “가실 준비 되셨습니까?” 그가 물었다.

“우린 준비됐어요.” 토미가 말했다. “어디 있었어요?”

“저 위쪽에서 커피를 마시고 있었습니다.” 운전기사는 기분이 상한 듯 보였다. “선생 들러리가 괜찮다고 했습니다.”

“오케이, 오케이, 가죠.” 토미가 말했다.

그들은 리무진에 올랐고, 운전기사는 큰길을 향해 후진하기 시작했다.

“잠깐요.” 토미가 말했다. 운전기사가 돌아보았다. “저게 뭐죠?”

“뭐요?”

“저기요. 진입로에. 우리가 막 지나온 곳에.”

“아무것도 안 보이는데.”

“반지 갖고 있어, 존시?”

존시가 주머니를 만졌다. "그래, 갖고 있어."

"오. 좋아. 콘크리트 위에 뭔가 반짝이는 걸 본 것 같았어. 오케이, 갑시다. 가죠."

운전기사는 진입로를 빠져나와 큰길로 향했다.

"긴장 풀어." 존시가 말했다.

"맙소사, 나도 그러고 싶어."

리무진은 가로수가 심긴 거리를 천천히 나아갔다. 연파랑 하늘에 태양이 빛났다. 아름다운 날이었다.

"더 빨리 갈 수 없어요?" 토미가 물었다.

"시간은 충분해요." 운전기사가 말했다.

그가 길게 이어진 언덕 꼭대기의 교차로에서 멈췄다. 그는 참을성 있게 신호가 바뀌길 기다렸다.

"언덕 밑에서 좌회전하세요." 토미가 말했다. "교회가 왼쪽에 있어요."

"압니다."

"오, 젠장." 갑자기 존시가 그렇게 말했다.

"응?"

"담배! 담배를 놓고 왔어."

"나한테 있어." 토미가 말했다.

"내가 피우는 거여야 해." 그가 자신 쪽 문을 열었다. "가게에서 사 올게. 기다리지 말고 먼저 가. 난 걸어서 내려갈 테니까." 그가 문을 쿵 닫고 보도를 향했다.

"길 잃어버리지 마!" 토미가 그의 뒤에 대고 안달하며 소리쳤다.

"알았어. 걱정 마." 그가 모퉁이의 가게 안으로 사라졌다.

"파란불이에요." 토미가 말했다. "가죠."

운전기사가 기어를 넣고 언덕 아래를 내려가기 시작했다. 길고 경사가 급한 2차선 도로의 언덕길이었다. 삐죽삐죽한 바위가 버티고 있는 가파른 절벽으로 떨어지지 않도록 돌담으로 가로막힌 막다른 길 저 끝에서 다음 거리로 이어지기까지 급격하게 경사가 져 있었다. 돌담은 다가오는 차에 경고의 의미를 담아 노란색과 검은색이 교차하게 칠해져 있었다. 더 확실한 예방책으로 담 한가운데의 거대한 표지판에 **막다른 길**이라고 쓰인 글자가 명멸하고 있었다. 급격하게 깎인 바위 절벽이 있는 담 뒤 너머 지역에서 자갈 채취가 시작되었던 이래 단 한 명의 운전자만이 벽을 뚫고 절벽 아래로 향했었다. 그는 즉사했고, 나중에 그가 술을 마셨다는 사실이 밝혀졌지만 그 사고는 노란색과 검은색 페인트 작업과 명멸하는 신호를 보장하기에 충분했다.

언덕 끝과 그 페인트칠된 돌담을 향해 돌진했을 때 리무진에 가속이 붙었다.

"이렇게 속력을 내다간 코너에서 위험해요." 토미가 말했다. "조심해요."

"선생, 난 운전 경력이 이십 년입니다." 운전기사가 말했다. "아직 결혼식에 늦은 적이 없고, 아직 사고 한 번 낸 적 없지요."

"그래요. 뭐, 저 담 뒤엔 깎아지른 절벽이 있죠. 한 사람이 전에 저기서 죽었고요."

"나도 압니다. 걱정 마요. 선생은 안 죽을 테니까. 결혼한 지 십오 년이 되면, 나처럼 말입니다, 선생은 아마 결혼식 날 사고를 당했길 바랄지도 몰라요."

차가 언덕 밑 모퉁이를 향해 속력을 냈다. 표지판의 막다른 길이 단조롭게 깜빡였다. 거대한 두 손으로 핸들을 쥔 운전사가 왼쪽으로 급하게 돌았다.

차가 요동치며 타이어가 내는 귀가 먹먹한 끼익 소리가 났다.

차는 왼쪽으로 돌지 못했다.

외경심 비슷한 무언가가 담긴 목소리로 운전사가 말했다. "맙소사, 핸들이 말을 듣지 않아!"

5

차 밖에서 행인들은 리무진이 보도, 돌담 그리고 절벽 너머를 향해 질주할 때 앞바퀴가 왼쪽으로 꺾인 채 급격하게 통제를 잃은 차 한 대를 보았다.

차 안에서 탑승자들은 어떤 이유에서인지 운전사가 리무진을 운전할 수 없다는 사실만 알았다. 마지막 필사적인 노력으로 그는 왼쪽, 오른쪽으로 핸들을 꺾었고, 발은 기계적으로 브레이크 페달로 뛰어들었다. 보도를 향해 끼익 소리를 내며 호를 그린 끝에 뒷바퀴가 연석으로 튀어 오른 차의 뒷부분이 담과 벼랑을 향해 흔들렸다.

"꽉 잡아!" 카렐라가 그렇게 외쳤고, 충돌의 충격으로 긴장한 차 안의 남자들은 그 충격이 생각한 것만큼 대단하지 않아서 놀랐고, 돌담을 뚫고 나가는 사태를 방지하기 위해 무언가가 가로막고 있다는 것을 알고 놀랐으며, 그 무언가가 가로등 기둥이었다는 것을 깨닫고 놀랐다.

차는 단단한 강철 기둥에 부딪혀 튀어나와 또 한 번의 거친 호를 그리며 방향을 바꾸었고, 결국 앞으로 튕겨 나간 끝에 브레이크가 완벽하게 작동한 것처럼 딱 멈추었다.

차 안의 남자들은 말이 없었다.

처음 입을 연 사람은 운전사였다.

그는 이렇게 말했을 뿐이다. "와우!"

그들은 한 명씩 차에서 나왔다. 클링이 차 지붕에 머리를 찧었지만 달리 부상당한 사람은 아무도 없었다. 차 상태는 심각했다. 가로등 기둥과 충돌한 리무진의 오른쪽 면 전부가 박살이 나 있었다. 사람들이 보도 위에 모여 있었다. 경찰 한 명이 사람들을 밀치고 나왔다. 리무진 운전사가 그에게 사고 경위를 설명하기 시작했다.

카렐라가 강철 가로등으로 걸어가 그것을 철썩 쳤다. "우린 모두 이 가로등에 꿇어 엎드려야 해." 그가 말했다. "이게 우릴 막지 않았다면……." 그가 돌담을 올려다보더니 이마를 훔쳤다.

"빌어먹을, 대체 무슨 일이 일어난 거예요?" 클링이 물었다.

"몰라." 카렐라가 말했다. "진정하라고."

그들은 함께 운전기사와 순찰 경관이 있는 데로 걸어가 차 앞에 쪼그리고 앉았다.

그들은 기다렸다.

"물론입니다." 운전기사가 경찰에게 말했다. "그거예요."

"그렇군요. 맙소사, 저 가로등을 들이받은 게 행운인 줄 아십시오. 한 사람이 전에 여기서 죽었다는 걸 아십니까?"

"어떻게 된 겁니까?" 카렐라가 물었다.

"핸들 미작동이에요." 운전기사가 말했다. "저 밑 타이로드엔드에 연결된 스티어링 튜브가 있어요. 음, 오른쪽에 있는 게 망가졌군. 그리고 저 타이로드엔드가 없다면 난 차를 통제할 수 없지요."

"그보다 더 심해 보이는데요." 순찰 경관이 말했다.

"어때 보입니까?" 카렐라가 물었다.

"누군가가 쇠톱으로 이 차에 작업을 한 것처럼 보이는데요!"

오후 3시 30분에 토미 조르다노와 그의 들러리는 성심 성당의 제의실에서 제단을 향해 걸었다. 다 들리게 속삭이며 토미가 물었다. "반지 갖고 있지?" 그리고 존시가 확신 있게 끄덕였다.

눈부시게 하얀 드레스를 입은 앤절라 카렐라가 아버지의 팔짱을 끼고 교회 뒤에서 들어왔다. 흰색 베일 아래 그녀의 얼굴이 사랑스러운 공포로 굳어 있었다.

교회 한쪽 편에 앉아 있는 신부 측 가족은 스티브와 테디 카렐라 그리고 버트 클링이었다. 다른 한쪽 편에 앉은 신랑의 관계자는 코튼 호스와 크리스틴 맥스웰이었다. 오르간 음악이 교회의 거대한 아치형 돌벽을 가득 메웠다. 캐딜락에서 내렸을 때, 그리고 교회 계단을 오를 때, 그리고 교회 통로를 내려가기 시작했을 때 앤절라를 찍었던 사진사가 이제 제단을 향해 다가가는 그녀를 열정적으로 찍기 위해 땅의 요정 같은 기민함을 보이며 교회 앞으로 껑충껑충 뛰었다. 토미의 손이 허벅지 옆에서 씰룩거렸다.

루이자 카렐라가 울기 시작했다. 테디가 다가와 시어머니의 손을 다독였다. 그리고 자신의 눈물을 감추기 위해 손수건을 꺼내 코를 풀었다.

"저 앤 참 아름답구나." 루이자가 그렇게 말했고, 테디가 눈물이 그렁그렁한 눈으로 끄덕였다.

오르간 음악이 신부의 장엄한 교회 통로 행진을 알리는 "오오오."와 "아아아." 같은 기쁨에 찬 울음소리를 잠재우기 위해 부풀어 올랐다. 사진사가 분주하게 셔터를 눌러 댈 때 플래시 전구가 터졌다. 토니 카렐라는 딸의 떨리는 손을 굽힌 팔로 지탱하며 막 왕위에 오르려는 군주의 위엄을 보이면서 통로를 걸었다. 그의 왼쪽 눈의 경련은 분명 신자석에 앉은 누구에게도 보이지 않았다.

교회의 신부 측 신자석 맨 앞줄 아내 옆에 앉은 스티브 카렐라는 입술을 씹었다.

누군가가 그 로드엔드를 톱으로 잘랐어. 그는 생각했다. 그건 빌어먹을 독거미 장난 정도가 아니야. 이건 심각한 일이야.

앤절라가 제단을 향해 계단을 올랐다. 토미가 그녀에게 미소를 지었고, 그녀는 그 미소를 돌려준 다음 흰 베일 안에서 눈을 내리깔았다.

그리고 톱질을 한 자가 누구든 그 가파른 언덕과 급커브 구간을 잘 알고 있었어. 그자는 커브를 돌 때 그게 끊어질 거라는 사실을 아마 충분히 잘 알고 거기에 톱질을 해 놓은 거야.

토니 카렐라가 곧 사위가 될 토미에게 딸을 인계했다. 커플은 함께 사제를 마주했다. 교회는 여전히 엄숙했다.

토미는 우리가 집에서 나왔을 때 진입로에서 반짝이는 것을 봤어. 카렐라는 생각했다. 아마 톱질한 로드에서 나온 금속 줄밥이겠지. 그 로드는 얇아. 쇠톱으로 십 분이면 그 작업을 아주 깔끔하게 끝냈을 거야. 그리고 샘 존스는 삼십 분간 산책을 나갔었지. 게다가 샘 존스의 무릎에는 더러운 게 묻어 있었어. 운전사에게 커피 한 잔 마시고 오라고 한 사람도 샘 존스였어.

사제가 기도한 다음 커플에게 성수로 축복을 내렸다. 토미는 땀을 많이 흘리고 있었다. 흰 베일 안에서는 앤절라의 입술이 떨리고 있었다.

"신랑 토머스 조르다노는," 사제가 말했다. "신성한 결혼 상태로 함께 살며 이 여인을 당신의 합법적인 아내로 받아들이겠습니까? 죽음이 두 사람을 갈라놓을 때까지 성할 때나 아플 때나 즐거울 때나 괴로울 때나 아내를 사랑하고 존경하겠습니까?"

토미가 침을 삼켰다. "네," 그가 말했다. "그러겠습니다."

"신부 앤절라 루이자 카렐라는 신성한 결혼 상태로 함께 살며 이 남자를……"

그리고 그것도 샘 존스였어. 카렐라는 생각했다. 충돌 직전에 담배 한 갑을 사야 한다며 편리하게도 자동차에서 내린 사람.

"……합법적인 남편으로 받아들이겠습니까? 죽음이 두 사람을 갈라놓을 때까지 성할 때나 아플 때나 즐거울 때나 괴로울 때나 남편을 사랑하고 존경하겠습니까?"

"그러겠습니다." 앤절라가 속삭였다.

토미의 유언장에 이름이 있는 사람, 토미가 죽으면 토미가 가진 모든 걸 얻는 사람, 들러리이자 가장 친한 친구 역시 샘 존스야. 샘 존스.

"두 사람 모두 결혼에 동의하며 하느님과 여기 계신 분들 앞에서 그걸 인정했기에 나는 가톨릭교회와 이 주의 법에 의거 내게 주어진 권한으로 이제 두 사람이 남편과 아내가 되었음을 공표합니다."

사제가 젊은 커플의 머리 위로 성호를 그었고, 테디 옆에서 훌쩍이던 루이자 카렐라가 불쑥 말했다. "이제 난 결혼한 딸이 하나 더 생겼구나." 그리고 그녀는 테디의 손을 가져가 거기에 열정을 다해 잽싸게 키스했다.

토미가 신부의 베일을 걷고 아주 쑥스러워하며 그녀에게 살짝 키스했다. 오르간 음악이 다시 시작되었다. 앤절라는 미소를 지으며 머리카락 속에 자리 잡은 흰 왕관 뒤로 베일을 넘기고 토미의 팔을 꼭 움켜잡았다. 그들은 통로를 행진하기 시작했다. 사진사가 그들의 한 걸음 한 걸음을 기록하고 있었다.

제의실에서 전화가 울리기 시작했다.

제의실에 있던 수녀가 작은 방으로 걸어 들어오는 스티브 카렐라를 위해 열어 놓은 문을 잡고 있었다. 혼인 미사 제의 차림으로 전화기 옆에 서 있던 폴 신부가 말했다. "결혼식이나 있어야 자네가 성당에 올 거라는 걸 알았네, 스티브. 하지만 자네를 제의실로 불러들일 전화는 생각 못 했는데."

"제가 절대 논하지 않는 두 가지가 정치와 종교죠." 카렐라가 대꾸했다. "형사반에서 온 전환가요, 신부님?"

"마이어 마이어라는 남잘세." 폴 신부가 말했다.

"감사합니다." 카렐라가 그렇게 말하며 신부의 손에서 수화기를 가져갔다. "안녕, 마이어. 스티브야."

"안녕, 친구. 결혼식은 어때?"

"지금까진 좋아. 결혼식은 끝났어."

"이 소콜린이라는 친구를 좀 더 체크해 보는 중이었는데 말이야. 아직도 흥미가 있나?"

"아주 많이."

"좋아. 그의 가석방 담당관에게 물어봤어. 그는 시내 백화점에서 세일즈맨으로 일하며 모범적인 생활을 하고 있더군. 그런데 이 주 전에 아이솔라에서 리버헤드로 이사했어. 나한테 주소가 있어, 스티브. 지도를 보면 자네 아버지 집에서 열한 블록 떨어진 데 같아."

카렐라는 잠시 생각에 잠겼다가 말했다. "마이어, 부탁 하나만 들어주겠어? 우린 조금 전에 수상쩍은 냄새를 풍기는 사고를 당했어. 그 녀석을 만나 봐 줄래? 그럼 난 아주 마음이 놓일 거야." 그는 문득 자신이 성당 제의실에 있다는 것을 기억해 내고 폴 신부를 소심하게 힐끗 보았다.

"그러고말고. 뭐, 이 주변은 한가하니까. 내가 갈 수도 있어."

"녀석을 만나면 알려 줄 거지? 우린 지금 사진을 찍어야 하지만 한 시간쯤 내로 난 아버지 집에 있을 거야. 거기서 봐."

"좋아. 나 대신 신부한테 키스해 주겠어?"

"그러지. 또 고마워, 마이어." 그는 전화를 끊었다.

폴 신부가 그를 보더니 말했다. "문제 있나?"

"아니요. 별거 아니에요."

"난 그 자동차 사고에 대해 들었는데." 그가 말했다. "아주 이상하게 일어났다는."

"네."

"그런데 문제가 없다고?"

"네."

"자네 말에 따르면 사고였다고 해도 수상쩍은 냄새를 풍긴다며?"

카렐라가 미소를 지었다. "신부님, 신부님은 저를 교회 안으로 이끄셨지만 저를 고해소로 이끄실 순 없습니다." 그는 신부와 악수했다. "아름다운 결혼식이었어요. 감사합니다, 신부님."

밖에는 리무진 여러 대가 대기하고 있었다.

카렐라는 테디와 함께 서 있는 클링에게로 걸어갔다.

"마이어였어." 그가 말했다. "소콜린을 만나 보라고 했지. 그게 현명한 것 같지 않아?"

"그런 것 같군요."

카렐라가 주위를 둘러보았다. "우리 친구 존시는 어딨지?"

"아버님 집에 갔어요."

"오."

"내가 생각하는 걸 생각한다면 걱정 마세요. 코튼이 그의 뒤를 따라갔으니까."

"좋아." 그가 테디의 팔을 잡았다. "여보, 금방이라도 쓰러질 것처럼 보이는데. 이리 와. 시원한 캐딜락 안에 타고 있어." 그가 그녀를 위해 문을 열어 주었다. "언젠가," 그가 말했다. "내가 경찰국장이 되면 당신에게 이런 차를 사 줄 생각이야."

호스와 크리스틴이 택시에서 내렸을 때 벤 다시와 샘 존스는 출장 뷔페 업자와 이야기를 나누고 있었다. 호스는 운전기사에게 돈을 치르고 카렐라가의 집 뒤로 돌아갔다. 카렐라가의 땅과 번바움의 땅을 가르는, 길게 늘어선 산울타리 바로 안쪽 부지 저 끝에 공사 마지막 단계에 있는 거대한 골조가 있었다.

존시가 크리스틴 맥스웰을 보자 말을 멈추었다. 담청색 시폰을 입은 그녀는 호스의 팔에 매달려 바스락거리며 잔디를 가로질렀고, 존시는 입을 딱 벌린 채 부끄러운 줄도 모르고 잔디를 가로지르는 그녀의 모습을 좇았다. 충분히 가까워졌을 때도 여전히 크리스틴에게 눈이 머물러 있는 그가 말했다. "처음 뵙겠습니다. 저는 샘 존스라고 합니다. 존시라고 부르세요."

"코튼 호스입니다." 호스가 말했다. "이쪽은 크리스틴 맥스웰."

"만나서 반갑습니다." 존시가 크리스틴의 손을 잡으며 말했다. 그리고 뒤늦게 덧붙였다. "두 분 다요."

"저 거대한 창작품은 뭡니까?" 호스가 거대한 나무 격자 골조를 가리키며 물었다.

"불꽃놀이를 위한 겁니다." 뷔페업자 중 한 명이 설명했다.

"삼 단식 로켓을 위한 발사대처럼 보이는군요." 호스가 존시의 은근한 추파와 그것에 살짝 신경질이 나는 것을 의식하며 말했다. "달까지 쏘아 올리는 겁니까?"

"우린 폭죽을 몇 발 쏠 겁니다." 출장 뷔페 업자가 웃음기 없이 대답했다.

"언제요?"

"어두워지자마자요. 틀림없이 이 동네에서 본 것 중 가장 끝내주는 피로연이 될 겁니다."

"앤절라는 그런 대접을 받을 만하죠." 다시가 말했다.

"그리고 토미도요." 존시가 크리스틴에게 미소를 지으며 덧붙였다. "인어를 보신 적 있나요, 미스 맥스웰? 이리 오세요, 제가 그걸 보여 드릴게요. 그들이 벌써 샴페인을 잔뜩 넣어 놨더라고요. 끝내준다니까요."

"저기……." 입을 연 크리스틴이 머뭇거리며 호스를 힐끗 쳐다보았다.

"호스 씨는 신경 쓰시지 않을 거라 확신합니다." 존시가 말했다. "어서 오세요." 그가 그녀의 팔을 잡고 햇빛을 가리려고 덮개를 씌워 놓은, 옆으로 누운 얼음 아가씨가 있는 곳으로 이끌었다. 얼음 아가씨가 누운 기저부를 파내 만든 얼음 통에는 샴페인 수십 병이 놓여 있었다. 호스는 그에 대한 짜증이 이는 것을 인식하며 느긋하게 잔디를 가로지르는 크리스틴을 지켜보았다. 지겹더라도cotton-picking 보디가드를 해 달라는 부탁을 들어줄 수는 있지만 눈앞에서 자신의 여자가 채여 가는 것은 또 다른 것이었다.

"그러니까 이게 뭐요?" 그 옆에서 어떤 목소리가 말했다. "미주리 함?"

호스가 고개를 돌렸다. 불꽃놀이 발사대 앞에 서 있는 사람은 휑한 정수리 주위에 흰머리가 난 키가 작고 호리호리한 남자였다. 그의 파란 눈에는 즐거운 빛이 떠올라 있었다. 그는 그것이 정말 과학시대의 경이라는 듯이 그 골조를 관찰했다.

"난 번바움이오." 그가 말했다. "이웃이지. 댁은 뉘신가?"

"코튼 호스입니다."

그들은 악수했다. "흔치 않은 이름이구려." 번바움이 말했다. "아주 특별해. 코튼 매더Cotton Mather 미국의 회중파 교회 목사이자 역사가로 1692년에 세일럼에서 있었던 마녀재판을 주도했지만 나중에 무고한 사람이 피해자로 몰리지 않도록 힘썼다에서 따왔소? 청교도 목사?"

"네."

"난 종교적인 사람은 아니오."

"저도요."

"결혼식에서 오는 길이오?"

"네." 호스가 말했다.

"나도요. 살면서 성당 안에 들어가 보긴 처음이었소. 뭔가 하나 말해 주지. 그건 부베메이세요."

"네?"

"유대인이 들어가면 그 벽들이 무너지리라. 나는 안으로 들어갔다 다시 나왔지만 그 벽들은-하느님 감사합니다- 여전히 서 있더군. 내 딸의 결혼식 중에 벽들이 무너지는 걸 상상해 보시오. 상상만 해도 끔찍해! 오, 하느님, 내 오른팔이 잘리는 게 나을 거요. 그 애는 사랑스럽게 보이지 않았소?"

"네."

"아름다운 아이, 앤절라. 나에겐 딸이 없소. 변호사 아들이 있는데, 지금 덴버에 있지. 내 아내는, 가엾기도, 삼 년 전에 죽었소. 난 이 세상에 혼자지. 번바움이. 이웃이라오. 뭐, 다른 건 몰라도 난 이웃이지, 아닌가?"

"이웃은 좋은 거죠." 이 작은 남자가 매우 마음에 든 호스가 미소를 지으며 말했다.

"분명 그렇지. 하지만 당신이 날 웬 놈팡이라고 생각할까 싶어 하는 말인데, 난 이웃일 뿐 아니라 슈퍼마켓 주인이라오. 번바움 슈퍼마켓. 이 거리 바로 위에 있지. 그리고 난 저기에 산다오. 저 집 보이시오? 여기서 사십 년간 살았고, 내가 처음 여기로 이사 왔을 때 사람들은 정말 유대인에게는 뿔과 꼬리가 달렸다고 생각했소. 뭐, 세상은 변하지, 안 그렇소? 다행이지 뭐요." 그가 사이를 두었다. "난 그 애들이 태어났을 때부터 그 두 애를 알아 왔소. 토미와 앤절라. 내 자식처럼 좋아하지. 두 녀석 다 착하다오. 난 저 귀여운 앤절라를 사랑하오. 아시겠지만 난 딸이 없소. 그러니 토니가 불꽃놀이를 할 만하지! 맙소사, 이 결혼식은 정말 멋질 거요! 그러면 좋겠소. 내 턱시도 괜찮소?"

"아주 멋집니다." 호스가 말했다.

"토니의 딸이 결혼할 때 내가 할 수 있는 최소한의 일이 턱시도를 빌리는 것이었소. 좀 딱 맞는 것 같지 않소?"

"아니요, 보기 좋습니다."

"뭐, 난 전처럼 날씬하지 않다오. 너무 편하게 살아서 그런가 보오. 지금 내 가게엔 직원이 둘이라오. 슈퍼마켓을 꾸려 나가긴 쉽지 않소. 하지만 난 그럭저럭 해낼 거요. 그렇겠지? 내가 얼마나 살이 쪘는지 보쇼. 하시는 일이 뭐요?"

"공연 대행업을 합니다." 애초에 꾸며 낸 말을 고수하며 호스가 말했다. 누군가가 토미 조르다노를 해칠 작정이라면 그는 자신의 직업을 광고하는 것이 현명하다고 생각하지 않았다.

"좋은 사업이구먼. 맥스웰 양은 연예계에 있소?"

"네." 그가 다시 거짓말을 했다. "댄서입니다."

"그럴 거라 생각했지. 아름다운 여자요. 하지만 난 금발을 편애한다오." 그가 잔디 저 너머를 건너다보았다. "존시는 그렇지 않은 것 같군. 그 애가 그녀에게서 떠난 걸 보면."

호스가 돌아보았다. 크리스틴이 로켓 발사대를 향해 되돌아오고 있었다. 혼자. 존시는 시야에서 사라져 있었다. 불현듯 벤 다시 또한 사라졌다는 것에 생각이 미쳤다.

난 훌륭한 경찰이군. 호스는 생각했다. 내가 지켜봐야 할 녀석들이 사라질 동안 여기서 가게 주인과 떠들며 서 있다니.

“저 인어를 꼭 봐야 해.” 크리스틴이 말했다. “아주 멋져.”

“당신 호위대는 어디로 갔지?” 호스가 물었다.

크리스틴이 어깨를 으쓱했다. “해야 할 일이 있다고 했어.” 그녀가 사이를 두었다. “난 더 묻지 않았고. 그건 숙녀답지 않잖아.” 그녀가 다시 사이를 두었다. “그가 꽤 귀엽다고 생각하지 않아?”

“사랑스럽지.” 호스는 그렇게 말하며 존시와 다시가 어디로 갔는지 궁금해했다.

그리고 그는 그곳이 너무 멀지 않은 곳이길 바랐다.

6

사진관은 리버헤드에 있는 카렐라의 집에서 멀지 않았다. 사실 꽤 느린 운전자가 가는 도중에 모든 신호에 걸린다고 하더라도 그곳까지 가는 데 5분도 안 걸리는 여행을 할 수 있었다.

사진사의 이름은 조디 루이스였고, 그는 자신의 가게가 루이스네LEWIS'S나 루이스네LEWIS'로 읽히고 싶지 않았고, 그 둘 모두 단지 루이스LEWIS라고 잘못 읽히리라 확신했기 때문에 그의 가게 앞의 간판은 그냥 조디네JODY'S라고만 적혀 있었다. 사진관은 전면에 판유리가 달린 단순한 1층 벽돌 건물로, 판유리 뒤에는 사진사의 최근 결과물이 전시되어 있었다. 보도에서 8미터 뒤에 자리 잡은 사진관의 길 건너에는 2층짜리 액자 가게가 있었다. 그 가게는 거리와 면한 여섯 개의 유리창이 있었다. 그 가게의 2층에 있는 한 개의 유리창에서는 사진관이 명확히 보였다.

그 유리창 앞에 선 남자가 거리를 가로질러 사진관을 뚫어지게 바라보는 중이었다. 차는 아직 도착하지 않았다. 그것은 좋았다. 그것이 그에게 준비할 시간을 충분히 주었다. 그는 시가에 불을 붙이고 나서 벽에 기대 세워 둔 라이플이 있는 곳으로 방을 가로질렀다.

그 라이플은 윈체스터 모델70 사격용 라이플로, 원거리, 고성능 표적 사격 그리고 작은 사냥감을 쏘는 원거리 사격의 모든 요건을 충족하도록 개발된 총이었다. 큰 개머리판은 사이즈와 무게가 충분했고, 방아쇠는 둥글게 휘었으며, 큼직한 손잡이는 총열 덮개에 가깝게 휘어져 있었다. 이 총은 또한 개머리판 바닥이 쇠로 되어 있고 손을 받칠 수 있는 총열 덮개가 길고 넓은 것이 특징이었다.

그 총을 집어 들고 살피는 그의 얼굴로 시가 연기가 피어올랐다.

망원 조준기가 총에 달려 있었다.

조준기는 파란색 강관으로, 지름 1인치, 길이는 7¼인치였다. 무게는 고작 270그램이었고, 상하좌우로 조준을 수정하거나 조준을 고정시킬 수도 있었다.

남자는 그 총을 창가로 가져가 창턱에 올렸다. 그는 조디네 사진관 출입구 한가운데에 십자 선이 놓이도록 조준경을 맞추었다.

그리고 앉아서 기다렸다.

그가 기다린 지 5분도 채 되지 않아 리무진 두 대가 멈춰 섰다.

그는 노리쇠를 당긴 다음 다시 총을 창턱에 올리고 주의 깊게 사진관 입구를 겨냥했다. 차에서 내리는 사람이 자신이 아는 토미 조르다노인지 확인하기 위해 조준경에서 눈을 들어 보았다.

그리고 그는 다시 기다렸다.

토미가 사진관 문으로 다가섰다.

남자의 손가락이 방아쇠 위에서 긴장했다. 이윽고 토미가 자신의 신부를 끌어당겨 그녀에게 소리가 나게 키스했다. 그녀의 등은 거리를 면해 있었다. 손가락이 멈칫했다. 토미가 그녀를 사진관 안으로 끌고 들어갔다. 기회가 사라졌다.

저격자는 욕설을 내뱉으며 시가를 비벼 끄고 그들이 나올 때를 기다릴 준비를 했다.

조디 루이스는 속임수 장치가 있는 카메라의 셔터가 눌릴 때 카메라에서 튀어나오는 장난감처럼 보이는 남자 드워프북유럽 신화에 나오는 난쟁이 종족였다. 그는 줄지 않는 에너지로 사진관 내부를 튀어 다니며 말했다. "이게 우리가 유일하게 포즈를 취하고 찍을 사진입니다. 신랑 신부의. 이게 신랑과 신부, 당신들의 스토리죠. 그게 내가 신랑과 신부 들러리가 포즈를 취하고 찍는 어떤 사진도 원치 않는 이유입니다. 그것들이 왜 필요하겠습니까? 이건 당신들의 스토리입니다. 앨범 커버에 붙을 게 그거죠. '우리의 결혼식'. 신랑 들러리의 결혼식이 아닌 신랑의 결혼식. 신부 들러리의 결혼식이 아닌 신부의 결혼식. 그리고 내가 이곳 조명이 좋은 스튜디오에서 원하는 건 사랑스러운 신부의, 그녀에게 축복을, 완벽한 사진 한 장과 멋진 신랑의 완벽한 사진 한 장 그리고 두 분의 사진 한 장뿐입니다.

그거면 됩니다. 그리고 우린 축하연장으로 가야죠. 하지만 그게 조디 루이스의 작업의 끝일까요? 절대 아니죠Not by a long shot 'long shot'은 '먼 거리에서 피사체를 넓게 잡아 전경을 모두 찍을 수 있도록 하는 촬영 방법'이라는 뜻도 있다 다음에 이어지는 문장과 대구를 이루는 중의적 표현. 클로즈업도 아닙니다. 난 매 순간 두 분과 함께 있을 겁니다. 두 분 모르게 사진을 찍으면서요. 찰칵, 찰칵, 찰칵. 내 셔터가 눌립니다. 두 분 결혼식의 솔직한 모습 그대로의 기록. 호텔에서, 토미가 당신을 문지방 너머로 옮기고 두 분의 신발이 문가에 놓이는 바로 그 장면까지. 그런 다음 두 분이 사랑스러운 신혼여행에서 돌아와 영원한 기념품이 될, 그 기념품이 없다면 잊어버릴지도 모를 이벤트의 기념이 될 '우리의 결혼식'이라는 타이틀이 붙은 앨범을 가져가실 수 있도록 현상과 인화 작업을 시작하겠습니다. 누가 오늘 일어났거나 일어날 사소한 일들을 기억하겠습니까? 카메라를 빼곤 아무도 그런 기억력은 없죠. 그리고 〈나는 카메라I Am A Camera 크리스토퍼 이셔우드의 소설 『Goodbye to Berlin』을 원작으로 한 영화와 연극〉죠! 동명의 연극과 영화에 나오는 나, 조디 루이스. 자, 귀여운 분들, 여기에 앉으십시오. 두 분이 함께요. 바로 그렇게. 두 분은 사랑하는 사이처럼 보이는군요. 농담입니다. 신만이 두 분의 미친 사랑에 대해 아시겠죠. 됐습니다. 살짝 웃어요, 토미. 맙소사, 너무 진지한 표정 말고요. 여자분은 당신을 사랑하십니다. 좀 낫군요. 신랑 손을 잡아요, 앤절라. 좋아요. 이제 저기를 봐요. 카메라 말고 벽에 걸린 그림을. 그거예요. 그대로 있어요. 찰칵! 멋지게 나올 겁니다. 이제 자리에서 몸을 좀 틀어요, 토미. 그렇지. 그리고 팔을 신부의 허리에 감고. 오, 신부는 안아 주기 딱이군요, 친구. 그렇게요. 부끄러워 말고. 두 분은 이제 결혼했습니다. 그렇게. 자 이제 그대로, 그대로……."

"기분이 어때?" 카렐라가 물었다.

테디가 가슴 바로 밑에서 시작된 산더미 같은 배를 부드럽게 만졌다. 그리고 하늘을 향해 눈을 굴리더니 지친 얼굴을 했다.

"곧 끝날 거야." 그가 말했다. "뭐든 원하는 게 있어? 물이나 뭐 다른 거라도?"

테디가 고개를 저었다.

"등을 마사지해 줄까?"

그녀가 다시 고개를 저었다.

"내가 사랑하는 거 알지?"

테디가 빙긋 웃고 그의 손을 꽉 쥐었다.

리버헤드에 있는 개인 주택에서 현관문을 연 여자는 50대 후반으로 칠칠치 못한 사람이었다. 그녀는 구깃구깃한 실내복 차림에 실내화를 질질 끌었다. 머리칼은 주인의 지시에 따라 투쟁을 포기한 것처럼 축 늘어져 있었다.

"뭐예요?" 그녀가 말했다. 그녀는 마노 무늬 같은 째진 녹색 눈으로 마이어와 오브라이언을 쏘아보았다.

"저희는 마티 소콜린이라는 남자를 찾고 있습니다." 마이어가 참을성 있게 말했다. "그가 여기 삽니까?"

“네. 그리고 댁들은 누구예요?”

참을성 있게, 마이어는 지갑을 꺼내 지갑에 꽂힌 경찰 배지가 보이도록 펼쳤다. “경찰입니다.” 그가 말했다.

여자는 그 배지를 보았다. “좋아요, 경찰 양반.” 그녀가 말했다. “소콜린이 무슨 짓을 했는데요?”

“아무 짓도요. 저흰 몇 가지 질문을 하고 싶을 뿐입니다.”

“뭐에 대해서요?”

“그가 계획하려고 할지도 모르는 것에 대해서요.”

“그는 여기 없어요.” 여자가 말했다.

“그건 그렇고, 성함이 어떻게 되시죠, 마담?” 마이어가 참을성 있게 물었다. 마이어가 갖춘 자질이 하나 있다면 그것은 극한의 참을성이었다. 대개가 비유대인인 동네에서 정통파 유대교도로 태어난 그는 아들에게 성과 이름이 똑같게 지어 주는 것이 괜찮은 농담이라고 생각한 엉뚱한 아버지의 엉뚱한 짓 때문에 훨씬 더 많은 핸디캡을 안게 되었다. 성은 마이어였다. 그리고 늙은 맥스 마이어는 늦은 나이의 출산에 대한 앙갚음으로 갱년기에 태어난 자식에게 마이어 마이어라는 이름을 지어 주기로 마음먹었다. 그 장난은 현실이 되었다. 아주 실용적인 장난은 아니었다. 어린아이에게 이미 있는 이름에 같은 이름 하나가 더 주어졌다. 마이어 마이어의 어린 시절이 그의 이름과 그의 종교가 도발한 주먹다짐의 연속이었다는 것은 완벽히 절제된 표현일 것이었다. 주먹다짐과 함께 서서히 외교적 능력의 발전이 따랐다. 마이어는 주먹으로 이길 수도 있는 싸움은 몇 번에 지나지 않는다는 것을 배웠다. 나머지는 혀로 이겨야 했다. 따라서 그는 아버지의 작은 장난으로 인한 상처를 커버하기 위해 극도의 참을성이라는 치장을 습득했다. 참을성 있게, 그는 아버지가 돌아가시기 전에 아버지를 용서하는 법을 배우기까지 했다. 이제 서른일곱이라는 나이에 어린 시절이 남긴 유일한 상처(혹은 더 엄밀히 말해 눈에 드러나는 유일한 상처)는 저 유명한 대머리독수리만큼이나 훤한 그의 머리였다.

참을성 있게, 그는 반복해 말했다. "그건 그렇고, 성함이 어떻게 되시죠, 마담?"

"메리 머독이에요. 내 이름이 무슨 상관이죠?"

"아무 상관 없습니다." 마이어가 말했다. 그는 오브라이언을 힐끗 보았다. 오브라이언은 자신과 그녀를 묶는 것이 국교든 뭐든 간에 그것을 끊기를 열망하는 것처럼 한발 물러서 있었다. "소콜린 씨가 없다고 하셨는데, 언제 나갔는지 여쭤봐도 되겠습니까?"

"아침 일찍요. 신에게 감사하게도 그는 나팔을 갖고 나갔어요."

"나팔이요?"

"트럼펫, 트롬본, 색소폰, 그 빌어먹을 걸 뭐라고 부르든 그걸요. 그는 그걸 밤낮으로 연습한단 말이에요. 그렇게 끔찍한 소리도 없다고요. 그가 그 나팔을 연주하는 줄 알았다면 그에게 세를 놓지 않았을 거예요. 사실, 그를 쫓아낼지도 몰라요."

"나팔 연주자들을 싫어하십니까?"

"이렇게 말해 두죠." 메리 머독이 말했다. "그것들이 구역질 난다고요."

"독특한 표현이시군요." 마이어는 그렇게 말하고 목을 가다듬었다. "그가 나팔을 가지고 나간 걸 어떻게 아셨습니까?"

"봤어요. 그는 그걸 담는 케이스를 갖고 있어요. 검은 케이스요. 그가 그 빌어먹을 걸 넣어 갖고 다니는 거요. 케이스."

"트럼펫 케이스요?"

"트럼본이거나요. 색소폰이든 그 빌어먹을 거요. 그게 뭐든 끔찍한 소리를 내는 건 확실해요."

"그가 여기서 얼마나 살았습니까, 미스 머독?"

"미시즈 머독이에요, 원 세상에. 여기서 이 주 살았어요. 그가 그 빌어먹을 색소폰을 계속 불어 댄다면 그는 여기서 더 이상 살지 못할 거예요. 확실히 말해 두죠."

"오, 그게 색소폰입니까?"

"아니면 트럼펫이거나 트럼본이거나 빌어먹을 어떤 거죠." 그녀가 말했다. "그가 경찰과 문제가 있나요?"

"아니요, 그렇진 않습니다. 혹시 오늘 아침 그가 나갔을 때 어디로 갔는지 아십니까?"

"아니요. 말하지 않았어요. 나가는 그를 봤을 뿐이에요. 그게 다예요. 하지만 그는 대개 거리에 있는 바에서 시간을 보내죠."

"그게 어느 거리죠, 미시즈 머독?"

"도버 플레인스가요. 다 아는 거리예요. 댁들은 모른다고요?"

"네, 저흰 이 동네가 익숙지……."

“두 블록 아래 고가 밑이에요. 도버 플레인스가. 모두가 그 거리를 알죠. 그는 거기서 시간을 보내요. 이지 드래건이라는 데에서요. 술집 이름 치곤 좀 그렇지 않아요? 중국 음식점처럼 들리잖아요.” 미시즈 머독이 해골처럼 활짝 웃었다.

“그가 거기서 시간을 보내는 게 확실합니까?”

“확실하고말고요.”

“어떻게 확신하시죠?”

“이렇게 말해 두죠.” 미시즈 머독이 말했다. “나 자신 역시 어쩌다 한번 들르는 정도가 아니라고요.”

“알겠습니다.”

“술꾼이 되진 않겠지만 말예요.”

“물론이죠.”

“좋아요. 이제 됐나요?”

“그런 것 같습니다. 다시 들를지도 모르겠습니다.”

“왜요?”

“대화를 즐기시는 것 같아서요.” 마이어가 그렇게 말했고, 미시즈 머독은 문을 쾅 닫았다.

“저런!” 오브라이언이 말했다.

“다행히 그녀가 총을 쏴 대기 시작하진 않았어.” 마이어가 말했다. “자네와 함께라면 난 언제나 총알 세례를 기대하니까.”

“아마 우리가 돌아오면 쏠 거야. 만약 우리가 돌아온다면.”

“아마 그렇겠지. 계속 행운을 빌라고.”

"이제 어디로 가는 거야?"

"이지 드래건이지," 마이어가 말했다. "어디겠어?"

이지 드래건이라는 이름은 별다른 이유가 없었다. 장식도 중국적이지 않았다. 어디를 둘러봐도 중국인 또한 없었다. 이지 드래건은 대개 일요일 오후의 술꾼들이 간간이 있는 여느 교외의 여느 술집처럼 보였다. 마이어와 오브라이언은 그곳으로 들어갔다. 밝은 햇살 아래에 있은 뒤라 어둠침침한 조명에 눈을 적응한 후 바로 걸어갔다.

마이어가 즉시 배지를 꺼냈다. 바텐더가 대단히 냉정한 눈으로 그의 배지를 살폈다.

"그런데요?" 그가 말했다.

"우린 마티 소콜린이라는 자를 찾고 있습니다. 그를 압니까?"

"그렇다면요?"

"안다는 겁니까, 모른다는 겁니까?"

"압니다. 그런데요?"

"그가 지금 여기 있습니까?"

"그가 어떻게 생겼는지 모릅니까?"

"그래요. 그가 여기 있습니까?"

"아니요. 그가 어쨌는데요?"

"아무것도요. 그가 오늘 올 것 같습니까?"

"누가 알겠습니까? 그는 들락거립니다. 그는 이 동네에 잠깐 사는 것뿐이에요. 그가 어쨌게요?"

"말했잖소. 아무것도 안 했다고."

"약간 별난 사람이죠?"

"그게 무슨 뜻입니까?"

"아시잖아요. 약간 별나다는 거." 바텐더가 집게손가락으로 관자놀이에 원을 그렸다. "미쳤죠."

"왜 그가 미쳤다고 생각하시죠?"

"눈에 광기가 번뜩이니까요. 특히 술을 마실 때요. 게다가 덩치 큰 개새끼죠. 나라면 그와 얽히고 싶지 않을 겁니다. 그자는 철로를 씹어서 압정으로 만들어 뱉을 사람이죠." 그가 사이를 두었다. "진부한 말을 용서하십시오Pardon the cliché." 그가 말했다. 그는 클리셰를 '클리시'로 발음했다.

"용서해 드리죠. 그가 지금 어디 있을지 아십니까?"

"그의 집에 가 봤습니까?"

"네."

"그가 거기 없군요. 응?"

"네."

"그가 무슨 짓을 했습니까?"

"아무 짓도요. 괜찮으시다면 그가 어디에 있을지 말해 줄 수 있습니까?"

"음, 확실히 몰라요. 여자 친구 집을 확인해 봤습니까?"

"아니요. 그 여자가 누군데요?"

"우나라는 여잡니다. 우나. 우나 뭔지는 모르지만요. 멋진 이름 아닙니까? 그 여잘 봐야 합니다. 전형적으로 섹시한 미녀 같죠. 소콜린 같은 괴짜에게 완벽한."

"우나, 응? 성은 모르고요?"

"그래요. 그냥 우나요. 그 여잘 봤다 하면 모를 수가 없을 겁니다. 젖통이 파인애플 같고, 금발이죠." 그가 사이를 두었다. "진부한 말이군요." 그가 말했다.

"용서해 드리죠. 그 여자가 사는 곳을 아십니까?"

"그럼요."

"어딥니까?"

"저 거리 위예요. 길모퉁이에 있는 하숙집. 그녀도 이 동네에 새로 왔습니다. 그 여자가 사는 곳을 아는 이유는 그녀가 식사가 제공되는 곳에 있다고 해서죠. 길모퉁이에 있는 곳은 유일하게 식사가 제공되는 곳입니다. 그러니까 하숙집 중에서요."

"알겠습니다." 마이어가 말했다. "그녀의 인상착의를 좀 더 자세히 설명해 주시겠습니까?"

"음, 말씀드린 것처럼 거대한 파인애플이 달려 있습니다. 그리고 올가미 같은 입에 예쁜 코에 푸른 얼음 같은 눈에 밀밭 같은 금발이죠." 그는 자신이 또 한 번의 '클리시'의 죄를 저질렀는지 보기 위해 자신의 표현을 되짚으며 잠시 침묵했다. 자신의 무죄에 만족한 듯 그가 끄덕이며 말했다. "그녀를 발견하면 놓칠 수가 없을 겁니다."

"안심이 되는군요. 그녀가 오늘 왔었습니까?"

"아니요."

"소콜린이 여기서 나팔을 분 적 있습니까?"

"뭘요?"

"나팔."

"아니요. 그가 나팔을 붑니까? 맙소사, 기적의 연속이군."

"그 하숙집의 이름이 뭡니까? 식사를 제공하는 곳이?"

"그린 코너요." 그가 어깨를 으쓱했다. "집이 녹색이고 코너에 있습니다. 이봐요, 사람들이 장소에 이름을 짓는 이유를 누가 알겠습니까?"

"여긴 당신 가겝니까?" 마이어가 물었다.

"그래요."

"당신은 왜 이지 드래건으로 지었는데요?"

"오, 그건 실수였습니다. 간판 칠하는 사람이 전화상의 제 말을 잘못 이해했죠. 결국 간판은 칠해졌고, 애초에 제가 원했던 걸로 굳이 바꾸지 않은 이유를 아시겠습니까?"

"애초에 원했던 게 뭐였는데요?"

"이곳은 이지 드래그 인이라고 불릴 예정이었습니다." 그가 어깨를 으쓱했다. "이봐요, 사람들은 늘 바보 같은 실수를 하죠. 그래서 연필에는 지우개가……," 그리고 그는 시시한 말을 내뱉기 전에 자제했다.

"자, 가지, 밥. 시간 내주셔서 감사합니다, 선생."

"천만에요. 그 여잘 잡을 것 같습니까?"

"우리가 원하는 건 그 남자를 잡는 것뿐입니다."

내가 원하는 건, 저격자는 생각했다. **그를 잡는 것뿐이야.**

뭘 하길래 저기서 이렇게 시간이 걸리지? 사진을 몇 장을 찍어야 하는 거야?

그는 손목시계를 보았다.

그들은 이미 40분 동안이나 사진관 안에 있었다.

집으로 돌아가기로 돼 있는 거 아니었어? 당장이라도 축하연이 시작되는 거 아니야? 젠장, 왜 이렇게 오래 걸리는 거야?

사진관 문이 열렸다.

저격자는 십자 선 교차점을 정확히 문에 맞추어 둔 라이플의 조준경을 뚫어지게 보았다.

그는 기다렸다.

사진관의 열린 문을 통해 한 명씩 나오기 시작한 신랑 신부와 결혼 하객들.

대체 토미 조르다노는 어디 있는 거야?

저게……? 아니야. 놈이 아니야.

자 이제, 신부…… 그리고…….

토미가 문가에 나타났다. 저격자가 숨을 멈추었다.

하나, 둘…… 자!

그는 방아쇠를 당겨 빠르게 연속 두 발을 쏘았다.

거리에서 그 사격은 자동차의 작은 폭발음처럼 들렸다. 이미 리무진 중 한 대 안에 있던 카렐라는 그 소리를 듣지조차 못했다. 두 총알은 문설주 왼쪽의 벽돌 벽을 때린 다음 허공으로 튀어 사라졌다. 눈치채지 못한 토미는 첫 번째 차로 달려가 그의 신부와 함께 차에 올랐다.

차들이 움직이기 시작했을 때 저격자는 욕설을 내뱉었다.

이윽고 그는 라이플을 챙겼다.

7

카렐라가와 번바움가의 토지 경계선과 불꽃놀이 무대 왼쪽에 가까운 토니 카렐라의 부지 한쪽 끝에 피로연 담당 회사가 야외 밴드 무대를 설치해 놓았다. 하얀 깃발이 걸리고 꽃들로 장식된 그곳은 토니가 고용한 밴드에 훌륭한 무대를 제공했다. 살 마르티노 오케스트라라는 밴드였다. 그 밴드-혹은 살이 부르길 선호하는 '오케스트라'-의 구성은 다음과 같다.

피아노 연주자 한 명
드럼 연주자 한 명
색소폰 연주자 네 명(테너 두 명과 알토 두 명)
트럼펫 연주자 두 명(리드 연주자와 세컨드 연주자)

그리고 트롬본 연주자 한 명

사실 트롬본 연주자 없이도 그 앙상블은 완벽-오, 분명 리듬악기 부문에 베이스 연주자를 쓰곤 하지만 까다롭게 굴 이유가 뭔가-했을 것이었다. 8인조 밴드(즉, 오케스트라)에서 분명 금관악기 부문은 두 명의 연주자로 충분했다. 트럼펫 리드 연주자가 그 부분을 책임질 터이고 세컨드 연주자가 뜨거운 솔로와 온갖 기교를 다룰 것이었다. 밴드(물론 오케스트라)는 색소폰 부분이 충분해서 트럼펫 둘만으로도 금관악기 부문은 균형이 잘 맞았다. 거기에는 정말 트롬본이 필요 없었다.

살 마르티노가 트롬본을 연주했다.

그는 프렌치호른도 연주했지만 전문은 아니었다. 그는 프렌치호른 연주를 그의 침실로 제한했다. 공정하게 말하자면 그는 형편없는 프렌치호른 연주자가 아니었고, 형편없는 트롬본 연주자도 아니었다. 그것은 단지 밴드에서 반음 내린 5도가 필요한 방식에 따라 그가 필요했을 따름이었다. 아니면 증7도나. 밴드는 단순한 장음계의 화음을 선호했다. 감9도는 일주일간 그들의 리허설을 혼란에 빠뜨릴 수도 있었다. 단순함이 살 마르티노 오케스트라의 기조였다. 그리고 단순함은 분명 금관악기 부문에서 트롬본 연주자를 필요로 하지 않았다. 하지만 이런 것이 리더십의 변덕이었다.

게다가 살 마르티노는 밴드를 이끌 때 진짜 프로처럼 보였다. 그는 부스스하게 뻗친 검은 머리에 작은 콧수염을 기른, 20대 후반의 사내였다. 푸른 눈은 매우 감성적이었다. 넓은 어깨, 가는 허리 그리고 지휘할 때 그의 긴 다리는 엘비스 프레슬리처럼 흔들렸다. 그는 이따금 오른손으로 지휘했다. 그는 이따금 트롬본으로 지휘했다. 그는 이따금 관중에게 미소만 짓고 전혀 지휘를 하지 않았다. 그가 어떤 방식으로 지휘를 하든 밴드는 같은 소리를 냈다.

형편없는.

음, 형편없는 게 아니라 매우 안 좋은.

튜닝할 때 특히 안 좋은 소리를 냈지만 피아노 연주자가 튜닝을 위해 라 음을 치면 밴드는 일제히 나쁜 소리를 냈다. 그날 오후 4시 45분에 마르티노 오케스트라는 몸을 풀고 조율하면서 보스턴 팝스 심포니에서 보스턴을 빼고 심포니를 뺀 것과 거의 같은 소리를 내고 있었다. 선천적으로 음악을 사랑하는 호스는 그 불협화음을 계속 앉아서 듣기가 힘들었다. 그는 샘 존스와 벤 다시가 여전히 눈에 띄지 않는다는 사실에도 살짝 불안했다. 사실 카렐라가 뒷마당에서는 누가 됐든 사람을 찾기가 점점 더 어려워지고 있었다. 결혼식 직후 카렐라가는 하객이 와글거리고 있었다. 십중팔구 그렇진 않겠지만 그들은 마지막 결혼식 혹은 장례식 이래 서로 보지 못한 것처럼 포옹하고 끌어안고 키스했다. 카렐라가 1층 침실에 딸린 욕실 겸 화장실은 여자 하객용으로 준비되어 있었고, 비슷한 구조의 위층은 남자용으로 준비되어 있었다. 포옹과 키스가 마무리되자마자 화장을 고치기 위해 화장실로 종종걸음 치는 여자들의 끝도 없이 이어진 줄이 뒷마당에서 뒷마당 포치로, 침실로, 화장실 그리고 다시 밖으로 이어졌다. 호스는 약간 정신이 멍했다. 낯선 얼굴의 바다에서 모호하게나마 친숙한 다시와 존스의 얼굴을 보기만을 갈망했지만 당분간은 그들을 아예 놓친 듯싶었다.

"문제 있어?" 크리스틴이 그에게 물었다.

"다시와 존스가 어디로 갔는지 생각 중일 뿐이야."

"오, 이 주변 어딘가에 있겠지."

"그래. 하지만 어디?"

"남자 화장실에 가 봤어?"

"아니."

"가 보지그래?"

"좋아, 그러지. 내가 가 있는 동안 길 잃은 남자들한테 한눈팔면 안 돼."

"음, 코튼, 내가 그러겠어?"

"응."

그는 집 안으로 들어갔다. 한 여자가 옆의 여자에게 말하면서 침실에서 나오고 있었다. "그녀가 또 임신했다는 게 상상이 가? 난 지난 오 년간 그녀가 임신하지 않은 결혼식에 가 본 적이 없어."

"그녀는 아이들을 좋아해." 그녀의 친구가 말했다.

"그녀가 좋아하는 건 그게 아니야." 여자가 그렇게 말하자 두 사람은 발작적으로 웃음을 터뜨렸고, 계단을 향하는 호스와 부딪힐 뻔했다.

"오, 죄송해요." 첫 번째 여자가 말했다. 두 사람은 킥킥거리며 집 밖으로 나갔다. 호스는 위층으로 올라갔다. 침실은 카렐라가와 조르다노가의 가깝고 먼 친척들로 어수선했다. 문설주에 기댄, 큰 키에 푸른 눈에 금발 머리 남자가 말했다. "만원입니다."

"음." 호스가 말했다. "기다리죠."

"선택의 여지가 있습니까?" 금발 머리가 말했다.

"선더버드는 스포츠카가 아니야." 그들 옆의 한 남자가 그의 친구에게 말했다. "그리고 코벳도. 너에게 알려 줄 뉴스가 있어, 찰리. 미국에 스포츠카 같은 건 없어."

"없다고? 그럼 왜 그걸 스포츠카라고 부르는데?"

"그럼 그걸 뭐라고 불러야 하지? 장갑차? 이거 알아?"

"뭘?" 찰리가 말했다.

"진짜 스포츠카 주인은 길에서 미국 스포츠카를 지나칠 때 손을 흔들지도 않아."

"그게 뭐?"

"그건 모자를 기울이는 것 같은 예의의 표시야. 그리고 그들은 그러지 않아. 미국 스포츠카는 스포츠카가 아니니까. 그것들은 길 위의 바퀴벌레처럼 여겨지지. 그게 사실이야."

"그럼 뭐가 스포츠칸데?" 찰리가 물었다.

"MG라든가 재규어라든가 탤벗이라든가 알파 로메오라든가 페라리라든가 기아Ghia라든가……."

"알았어, 알았어." 찰리가 말했다.

"……메르세데스 벤츠라든가……."

"알았어." 찰리가 말했다. "난 화장실 가려고 여기 온 거지, 외제차에 대한 강의를 들으려는 게 아니야."

화장실로 통하는 문이 열렸다. 안경을 쓴 호리호리한 남자가 바지 지퍼를 올리며 걸어 나왔다.

"거기에 누가 또 있습니까?" 호스가 그에게 물었다.

"뭐요?"

"화장실에요."

"없소." 안경을 쓴 남자가 말했다. "당연히 없지. 저 안에 누가 나와 같이 있었단 말이오?" 그가 사이를 두었다. 분개한 그가 말했다. "당신 누구요?"

"수도국에서 나왔습니다. 체크하는 것뿐입니다."

"오." 남자가 말을 멈췄다. "다 괜찮소?"

"네, 좋습니다. 고맙습니다." 그는 마지막으로 침실을 둘러보았다. 없군. 다시도 존스도. 그는 뒷마당에서 환호성이 올라올 때 다시 아래층으로 내려가기 시작했다. 순간 호스는 뷔페업자들이 석유를 찾아낸 것이라고 생각했다. 그리고 이내 그는 그 함성이 무엇인지 깨달았다.

"신랑 신부가 와요!" 누군가가 외쳤다. "신랑 신부가 와요!"

그리고 그 순간 살 마르티노의 오케스트라가 〈결혼행진곡〉을 연주하기 시작했다. 호스는 계단을 내려가는 대탈출에 합류했다. 여자들이 아래층 침실에서 쏟아져 나오고 있었다. 아이들이 막 도착한 신랑 신부를 보길 열망하며 소리를 지르고 깔깔거리면서 뒷마당 포치로 쇄도하고 있었다. 호스는 한숨을 쉬며 절대 결혼하지 않겠다고 맹세했다.

마침내 포치로 나온 그는 크리스틴이 샘 존스와 이야기를 나누는 모습을 발견했다.

"이런, 이런." 그가 말했다. "놀라운데. 어디 있었습니까, 존시?"

"왜요? 누가 날 찾아요?"

"아니요, 그냥 궁금해서."

"오, 주위를 둘러봤어요." 존시가 말했다.

호스가 호기심과 회의가 어린 눈으로 그를 보았다. 살 마르티노의 악단이 〈결혼행진곡〉의 세 번째 후렴을 연주하고 있었다. 피아노 연주자가 다른 키로 변조를 시도했을 때 음악이 흐지부지 잦아들었다. 실패군. 〈자기야, 전화할게Let Me Call You Sweetheart〉로 악단을 이끌려고 기를 쓰느라 트롬본을 휘저으며 밴드에 하나, 둘, 셋 신호를 보낸 마르티노에게 그가 힘없는 윙크를 보냈다.

뷔페업자가 데려온 사회자가 무대로 뛰어오르더니 토미에게 앤절라와 춤을 추라고 지시했다. 그는 재촉할 필요가 없었다.

"신랑 들러리!" 진행자가 외쳤다. "신부 들러리!"

"잠시만요." 존시가 그렇게 말하고 긴 흰색 테이블들이 에워싼, 댄스 플로어 대용으로 놓인 길쭉한 직사각형 모양의 나무 대 위로 뛰어올랐다. 그가 신부 들러리를 품으로 끌었다. 그리고 사회자가 행복하게 웃자 신랑 친구들과 신부 친구들이 짝을 짓기 시작했다. 토니와 루이자 카렐라, 스티브와 테디 그리고 턱시도와 드레스를 입은 사람은 누구든. 밴드가 〈언제나Always〉로 넘어갔고, 사회자는 더 큰 웃음을 지으며 토미의 품에서 앤절라를 당겨 존시의 품으로 밀었고, 토미는 살짝 낙담한 미소를 지으며 받아들인 신부 들러리로 빈자리를 채웠다. 신랑 친구들과 신부 친구들이 파트너를 바꾸기 시작했다. 토니 카렐라의 튀어나온 배와 그의 며느리의 불룩한 배가 맞닿으며 무대 위에서 빙글빙글 돌았다. 루이자 카렐라는 아들의 품 안에 있는 자신을 발견했다.

"어떠세요?" 카렐라가 말했다. "행복하세요, 엄마?"

"그래. 아름다운 결혼식이었어, 스티비. 너도 성당에서 결혼했어야 해."

"이제 그만하세요."

"그래, 넌 무신론자니까."

"아니에요."

"성당에 안 가잖니."

"일요일에 일하잖아요."

"아주 가끔 말이니."

밴드가 성공적으로 〈애니버서리 왈츠The Anniversary Waltz〉로 곡을 바꾸었다. 사회자가 댄스 플로어를 둘러싼 사람들에게 팔을 내젓자 그들은 짝을 맞추어 결혼 파티에 합류해 무대에 스며들었다. 토미가 정중하지만 단호하게 존시의 품에 신부 들러리를 맡기고 자신의 신부를 끌어당겼다. 분명 페인트 분무기로 색을 입힌 듯한 녹색 실크 드레스를 입은 큰 키의 빨간 머리 여자가 자신의 파트너에서 벗어나 소리쳤다. "스티브! 스티브 카렐라!"

카렐라가 돌아보았다. 빨간 머리의 목소리는 그가 감미롭다고 부르는 것과 정확히 달랐다. 그 소리가 댄스 플로어를 가로질러 핵폭발의 모든 에너지를 담아 폭발했다. 시아버지와 춤을 추던 테디 카렐라는 그 빨간 머리가 카렐라의 목에 팔을 두르고 그의 입에 키스했을 때 돌아보았다.

카렐라는 눈을 껌뻑였다.

"스티브. 나 기억 안 나? 페이, 기억 안 나?"

카렐라는 그 이름을 기억하는 데 약간의 어려움을 겪는 듯 보였다. 그는 자신의 목을 여전히 단단하게 휘감은 팔의 주인인 페이라는 여자 자체에 대해서도 약간의 어려움을 겪는 듯 보였다. 녹색 실크 드레스는 스프레이를 뿌렸을 뿐 아니라 앞부분이 아주, 아주 깊이 파여 있었다. 그 여자의 어깨 너머를 힐끗거린 카렐라는 아버지의 품에서 빙글 도는 테디를 보았고, 그녀의 얼굴이 찌푸려지기 시작하는 것을 보았다.

"나는…… 난……," 그가 말을 더듬었다. "글쎄……."

"뉴저지?" 여자가 유도했다. "플레밍턴? 결혼? 기억 안 나? 오, 우리가 어떻게 춤췄는지!"

희미하게, 카렐라는 아주 오래전 어떤 결혼식이 떠올랐다. 맙소사, 열여덟이었어. 맞아. 열일곱 살짜리 빨간 머리에 날씬한 왕가슴 여자애. 맞아. 밤새 그 애와 춤을 췄지. 맞아. 그 애의 이름이 페이였어. 오, 맙소사!

"안녕, 페이." 그가 기어드는 목소리로 말했다.

"이리 와!" 페이가 명령했다. "나랑 춤추자! 괜찮으시다면. 어때, 미스터 카렐라?"

"안 돼." 루이자가 말했다. "하지만……." 그녀는 새로운 진전이 있는지 보려고 어깨 뒤로 목을 쭉 빼고 있는 무대 저편의 테디를 불안한 시선으로 힐끗 보았다.

페이가 카렐라를 끌어당겼다. 그녀는 카렐라의 목에 왼팔을 둘렀고, 그는 자신의 코에 떠도는 자극적인 향수 냄새에 압도되었다. 페이가 자신의 뺨을 그의 뺨에 댔다.

"어떻게 지냈어, 스티브?" 그녀가 물었다.

그리고 카렐라는 대답했다. "결혼했어."

무대 저편에서는 벤 다시가 토미 조르다노와 그의 신부 사이에 끼어들었다. 깜짝 놀란 토미는 잠시도 자신의 신부를 포기하지 않았다.

"어허." 벤이 웃으며 말했다. "부는 나누는 거야."

토미는 품위 있게 절을 하고 앤절라를 벤에게 넘겼다. 그들은 한동안 말없이 춤을 추었다. 이내 벤이 말했다. "행복해?"

"응."

"걜 사랑해?"

"오, 그럼." 앤절라가 말했다. "그럼. 그렇고말고."

"난 희망을 품었어…… 음, 알잖아."

"뭘, 벤?"

"우린 어렸을 때 엄청나게 많이 봤잖아, 앤절라."

"응, 알아."

"넌 날 사랑한다고 했잖아."

"내가 그랬다는 거 알아. 우리가 어렸을 때잖아, 벤."

"난 널 사랑했어, 앤절라."

"벤……."

"난 너 같은 애를 만난 적이 없어. 그거 알아?"

"곧 그런 애들이 생길걸. 아마 우린……."

"너처럼 예쁘고, 너처럼 똑똑하고, 너처럼 따뜻하고 흥분되는 여자는 절대……,"

"벤, 제발."

"미안해, 앤절라. 우리가 이렇게 될 거라고 생각하고 했을 뿐이야. 알겠지만 우린 그랬을 수도 있어."

"누구나 그렇게 성인이 되는 거야, 벤."

"앤절라, 네가 전에 그랬지……. 우리가 어렸을 때…… 네가 처음 토미를 만났을 때…… 난 너한테 전화한 게 기억나. 그리고 넌 내게 우리 사인 끝났다고 말했어. 그거 기억나?"

"그래, 벤. 기억나."

"넌 전화로 그렇게 끝내지 말아야 했어. 만나서 그래야 했어."

"미안해. 난 깔끔하게 끝나길 바랐을 뿐이었던 것 같아……, 벤. 완전히. 깨끗하게. 난 질질 오래 끌고 싶지 않았……,"

"알아, 알아. 그리고 좋아, 상관없어. 하지만…… 난 네게 전화했을 때 만약…… 만약 너와 토미 사이에 문제가 생기면 내가 기다릴 거라고 했어. 그거 기억나?"

"그래. 기억나."

"그리고 넌 말했어. '좋아, 벤. 그 말 새겨 둘게.'라고. 그렇게 말한 거 기억나?"

"아주 오래전 일이야, 벤. 난 정말……,"

"난 아직 기다리고 있어, 앤절라."

"뭘?"

"만약 뭔가 잘못되면, 만약 너희 사이에 무슨 일이 생기면 내가 여기 있을 거라고. 넌 나한테 의지할 수 있어. 내가 즉각 널 데려갈 거야, 앤절라. 난 널 사랑했고, 앤절라, 그리고 여전히……,"

"벤, 제발 그만해, 제발."

"이것만 기억해. 내가 기다릴 거라는 거. 기다릴 거야, 앤절라."

그린 코너는 진달래가 만개한 구불구불한 도로에 있는, 나무 그늘에 싸인 집이었다. 마이어와 오브라이언은 느긋하게 현관으로 걸어가 초인종을 눌렀다.

"나가요." 목소리가 말했고, 그들은 문에 가까워지는 발소리를 기다렸다. 문이 열렸다. 검푸른 옷을 입은 왜소한 여자가 미소를 지으며 서 있었다. 집 안 어딘가에서 개가 짖기 시작했다.

"안녕하세요." 그녀가 말했다.

"안녕하세요." 마이어가 인사를 받았다. "집주인이신가요?"

"맙소사, 회사에서 일요일에도 세일즈맨을 보내나요?" 왜소한 여자가 물었다.

"아니요, 저흰 경찰에서 나왔습니다." 마이어가 말했다. 왜소한 여자의 입가에서 미소가 사라졌다. "아니, 놀라지 마십시오." 그가 황급히 덧붙였다. "저흰 단지……,"

"저는 개 돌봐 주는 사람일 뿐이에요." 왜소한 여자가 말했다. "전 여기 살지도 않아요. 여기서 일어나는 어떤 불법 행위도 몰라요. 저는 개를 봐 주러 왔어요. 그뿐이에요."

"아무도 법을 어기지 않았습니다." 오브라이언이 말했다. "저희는 몇 가지 질문을 하고 싶을 뿐입니다, 부인."

"뭐, 저는 여기 사는 사람을 아무도 몰라요. 저는 개를 보고 있을 뿐이에요. 녀석의 이름은 부치고, 혼자 남겨지면 너무 외롭고 우울해서 가구를 물어뜯어요. 그래서 제가 녀석과 있는 거예요. 여기서 제가 아는 건 부치뿐이에요."

"집주인을 아십니까?"

"트래버스 부부지만, 네, 부치만큼 잘 알진 못해요. 부치는 골든 레트리번데 가구를 물어뜯어요. 그래서……,"

"아시는 세입자가 있습니까?"

"네, 꼭대기 층에 나이 든 벤네스 씨가 있지만 지금 안 계세요. 그리고 위틀리 부인이 있는데, 그녀도 없어요. 그리고 새로 온 여자 우나 블레이크가 있는데, 그 여자도 없어요. 그리고 전 부치를 빼곤 그들 중 누구도 잘 알지 못해요. 녀석이 여기에 제가 오는 유일한 이유예요. 전 이 동네에서 개를 제일 잘 보는 사람 중 하나죠."

"우나 블레이크는," 오브라이언이 말했다. "미혼인가요, 기혼인가요?"

"물론 미혼이죠. 맙소사, 그 여잔 어린애일 뿐이에요."

"몇 살이죠?"

"아마 서른 미만일걸요."

"그녀가 지금 없다고 하셨죠. 몇 시에 나갔는지 아십니까?"

"네. 오늘 아침 일찍요. 트래버스 부부가 없는 주말 동안 제가 부치를 보기 때문에 아는 거예요. 저는 어제 여기 왔어요. 그리고 블레이크 양이 나간 오늘 아침에 여기 있었어요."

"그게 몇 신지 말해 주실 수 있습니까?"

"아침 식사 직후요. 트래버스 부부가 없는 동안 저는 식사도 준비하니까요."

"누가 그녀를 불러냈습니까?"

"누구요? 트래버스 부인을요?"

"아니요. 블레이크 양이요."

"오. 오, 그래요. 사실 누가 불러냈어요."

"누가요?"

"모르는 남자예요. 말씀드렸다시피 저는 여기 일을 잘 몰라요. 제 생각에 트래버스 부부는 이곳을 너무 느슨하게 운영해요. 너무 느슨하게요."

"그 남자가 뭘 가지고 있었습니까?"

"어떤 남자요?"

"블레이크 양을 데리러 온 남자 말입니다."

"오. 그 남자. 네, 그랬어요. 트롬본 케이스요."

"트롬본 케이스요? 트럼펫은 아니고요? 아니면 색소폰이나?"

"아니요. 트롬본이에요. 그걸 보고 트롬본인지 모르겠어요? 길고 검은 케이스요. 오, 그건 트롬본이었어요, 분명."

"그 남자가 어떻게 생겼습니까?"

"자세히 보진 못했어요. 그 남자는 여자를 기다리며 응접실에 앉아 있었고, 앉아 있는 곳에는 그늘이 져 있었어요. 하지만 안락의자에 기대 세워 놓은 트롬본 케이스를 봤죠." 왜소한 여자가 사이를 두었다. "어쨌든 그녀는 여기에 오래 있지 않을 거예요. 그 우나 블레이크요."

"어떻게 아시죠?"

"저는 지난주에 개를 돌봤어요. 그녀는 하루에 세 번 전화를 받았죠. 모두 같은 데서요. 부동산 중개소요. 그녀는 곧 이사할 거예요, 분명."

"어느 부동산 중개솝니까? 이름을 기억하십니까?"

"그럼요. 그녀는 하루에 세 번 전화를 받았다니까요. 게다가 그곳은 여기서 멀지도 않아요."

"무슨 부동산이죠?" 오브라이언이 물었다.

"폴렌 부동산이요. 여기서 다음 정거장이에요. 역 밑 모퉁이 오른쪽이요."

"우나 블레이크의 인상착의를 말씀해 주시겠습니까?" 마이어가 물었다.

"네, 그러죠. 하지만 그녀에 대해서 아주 잘 아는 건 아니에요. 어디서부터 시작할까요?"

"오늘 아침에 나갈 때 뭘 입고 있었습니까?"

"가슴이 깊게 파인 빨간 옷이요. 빨간색 하이힐에. 스타킹은 안 신었고요. 머리엔 모조 다이아몬드가 박힌 빨간 깃털 같은 걸 꼽았어요."

"지갑을 들고 나갔나요?"

"거기에 들어갈 만한 거라면 콤팩트와 립스틱과 잡동사니들뿐이에요."

"그것도 빨간색이었나요?"

"아니요. 남색이었어요. 스팽글이 달린. 정말요."

"어떻게 생겼습니까?"

"그녀는 금발이에요. 타고난 것 같아요. 아주 발육이 좋아요. 제 생각엔 갑상선 질환이 있는 것 같아요. 어쨌든 아주 커요. 시끄러운 것 같고요. 어쩌면 큰 소리로 말할 뿐이거나요. 아주 예뻐요, 말하자면요. 눈은 파란색이고요. 그녀는…… 모르겠어요, 인상이 센 것 같아요. 멋진 미소에 코가 예쁘고요. 도움이 됐나요?"

"네. 대단히 감사합니다."

"이제 부동산 사무실로 가실 건가요?"

"네."

"나라면 안 그럴 거예요. 일요일엔 안 열어요."

버트 클링과 춤을 추고 있는 여자는 빨간색 실크 드레스에 빨간색 하이힐을 신고 있었다. 그녀는 머리에 빨간색 깃털을 꽂았고, 그 깃털은 임시변통으로 만든 무대 위에서 클링이 그녀를 움직이게 할 때 그의 뺨을 간지럽혔다. 사람들은 칵테일이 세팅된 각각의 테이블로 서서히 이동하기 시작했다. 클링은 살짝 허기를 느끼기 시작했다. 아마도 여자가 춤을 추는 방식 때문이었으리라. 약간의 긴장, 춤의 리드에 요구되는 정력적인 에너지 때문에. 그녀는 가슴이 매우 컸고, 아주 밀착해서 춤을 추었으며, 긴 금발이 그의 뺨을 간질였다. 그녀는 아주 여성스럽고 매력적-비록 덩치가 클지라도-으로 보였지만 그럼에도 그녀에게는 댄스 플로어 위에서 그녀가 리드했다는 느낌을 받게 하는 정력적인 에너지가 있었다. 그 힘은 처음에 그녀에게 끌렸던 푸른 눈과 매력적인 미소와는 정면으로 모순되었다. 그 눈과 미소는 온전히 여성적이었다. 그 춤은 무언가 할 일이 있고, 그것을 끝내고 싶어 안달하는 사람 같은 철강왕의 발놀림이었다.

일단 익숙해지자 밴드는 꽤 괜찮았다. 폭스트롯 메들리를 연주하는 그들은 꾸준히 댄스 비트를 유지하면서 자연스럽게 다음 곡들로 넘어갔다. 살 마르티노는 옆에 있는 연주대演奏臺 위에 놓인 의자에 트롬본을 내려놓고 오른손으로 오케스트라를 이끌며 이따금 하객들에게 미소를 지었다. 웨이터들이 잔디를 가로지르며 바쁘게 음료를 나르는 중이었다. 클링의 눈이 댄스 플로어를 훑었다. 벤 다시는 여전히 앤절라와 춤을 추고 있었다. 그 쌍은 말다툼을 하는 것처럼 보였다. 클링은 스티브 카렐라가 「플레이보이」 잡지에서 튀어나온 게 분명한 빨간 머리와 춤을 추고 있다고 생각했지만 무대에서 자신을 휘둘렀던 그 금발에 대해서도 동일한 관측이 있을 터였다. 테디 카렐라는 녹색 드레스를 입은 광분한 여자와 관련해 미칠 듯이 행복해 보이지는 않았다. 코튼 호스 역시 너무 행복해 보이지는 않았다. 그는 음울한 표정으로 샘 존스와 춤을 추는 크리스틴 맥스웰을 지켜보았다.

정말 멋진 결혼식이야. 클링은 생각했다. 모두 기뻐서 어쩔 줄 몰라 하잖아. 저 빨간 머리가 어떤 남자든 그 남자를 우울하게 만들어야 할 이유가 있는지는 몰라도 스티브조차 꽤 우울해 보이는데.

"당신 이름도 모르는 것 같습니다만." 클링이 빨간 드레스를 입은 금발에게 말했다.

"맞아요." 그녀가 대꾸했다. 그녀의 목소리는 깊고 허스키했다.

"내 이름은 버트입니다."

"당신을 알게 돼서 기뻐요." 금발이 말했다.

그는 그녀가 이름을 말해 주길 기다렸다. 그녀가 말해 주지 않자, 그는 그냥 넘어갔다. 알 게 뭐냐. 여자가 이름을 말해 주기 싫다면 강요해 봐야 의미 없는 짓이지. 게다가 난 약혼자에게 의리를 지켜야 해. 그가 속으로 중얼거렸다. 자신은 방관자로 남아 남의 눈에 잘 띄지 않게 춤을 추고 있을 뿐이었다.

"친척입니까?" 그가 물었다.

"아니요." 여자는 말이 없었다. "친척이에요?"

"아니요." 클링은 말이 없었다. "신부 친굽니까?"

여자는 아주 극히 잠깐 머뭇거렸다. 그리고 말했다. "네."

"멋진 결혼식입니다." 클링이 말했다.

"훌륭해요." 여자는 동의한 다음 특별히 서둘러 아무 데도 가고 싶지 않아 안달이 난 듯 그를 계속 무대 위에서 밀어붙였다.

연주대에서 살 마르티노가 자신의 트롬본을 주워 들려고 몸을 숙였다.

클링의 시야 한쪽에서 움직임이 잡혔다. 그는 밴드 리더에게 얼굴을 돌렸다. 살이 그 나팔을 들자 그의 재킷이 벌어졌다. 그는 빠르게 몸을 세우고 양손으로 그 나팔을 쥐었다.

클링이 자신도 모르게 금발의 허리에 두른 팔을 옥죄었다.

"이봐요." 그녀가 말했다. "살살해요, 아저씨."

클링은 그녀를 놓았다. "실례합니다, 아가씨." 그는 그렇게 말하고 댄스 플로어 한가운데에 그녀를 남겨 두고 자리를 떴다.

테디 카렐라는 신부 테이블 옆 테이블에 앉아 맨해튼을 홀짝이며 뉴저지주 플레밍턴에서 온 빨간 머리 섹시녀의 팔 안에서 신난 남편을 지켜보고 있었다.

이건 공평하지 않아. 그녀는 화가 나서 생각했다. 여기에 경쟁은 없어. 저 빌어먹을 여자가 누군지, 저 여자가 원하는 게 뭔지-저 여자가 원하는 게 꽤 명백해 보이지만- 모르지만 저 여자가 호리호리하고 늘씬한 데다 팔 사이즈를 입는 사람을 위해 디자인된 드레스를 입고 있다는 건 알겠어. 난 적어도 십 사이즈, 어쩌면 십이 사이즈라 애초에 상대가 안 돼. 지금은 오십사 사이즈니까. 이 아기는 언제 나올까? 의사가 다음 주라고 했던가? 맞아, 다음 주. 그 다음 주가 지금부터 사천 년 후인 것 같지만. 영원히 이 배로. 남자애면 좋으련만. 만약 남자애면 마크. 마크 카렐라. 좋은 이름이야.

스티브, 그 여자한테 그렇게 가까이 붙을 필요 없어!

그러니까, 정말로 말이야. 빌어먹을!

그리고 여자애면 에이프릴.

실신 같은 거라도 해야 할까. 그럼 그인 테이블로 황급히 달려올 거야, 분명. 저 여자가 끌어안고 있어서 그이가 바싹 붙어 있는 거라고는 말할 순 없지만. 하지만 아마 둘 다 끌어안고 있을 테고 이건 나한테 쉽지 않다고. 내 스티브야. 그리고 넌 정말 스티브가 필요 없잖아! 만약 네 손이 일 센티만 움직여도 샴페인병으로 네 머리통을 갈겨 버릴 줄 알아!

그녀는 남편을 향해 춤추는 사람들을 밀치고 나아가는 버트 클링을 지켜보았다.

그가 끼어들 생각인가? 그녀는 궁금했다.

이윽고 클링의 손이 카렐라의 어깨를 움켜잡았고, 카렐라가 빨간 머리에게서 떨어졌을 때 클링이 그의 귀에 무언가를 속삭였다.

카렐라가 눈을 깜박였다.

"뭐! 뭐라고 그랬어?"

클링이 빠르게 다시 속삭였다. "밴드 리더! 그가 재킷 안에 총을 갖고 있어요!"

8

살 마르티노는 전혀 행복해 보이지 않았다.

형사들은 중간 휴식 때까지 기다렸다가 웨이터들이 새우 칵테일을 서빙하기 시작했을 때 연주대에 다가가 그에게 동행을 요구했고, 그를 카렐라가의 작은 침실이 있는 위층으로 데려갔다. 이제 호스, 카렐라 그리고 클링은 반원형으로 그를 둘러싸고 그 앞에 서 있었다. 그들은 웃음기 없는 얼굴에 엄숙한 표정을 짓고 있었다.

"왜 총을 갖고 다닙니까?" 카렐라가 물었다.

"누가 알고 싶답니까?" 살이 대꾸했다.

"내가요. 난 경찰입니다. 배지를 보여 드릴까요?"

"그래요. 보여 줘요. 대체 이게 다 뭡니까?"

카렐라는 지갑을 펼쳤다. "몇 가지 질문을 하는 겁니다, 살." 그가 말했다. "우린 당신 재킷 안의 그 총에 대해 알고 싶습니다. 지금 대체 총을 갖고 뭘 하는 겁니까?"

살이 배지를 꼼꼼히 살폈다. "내 일입니다." 그가 말했다. "당신들은 내게 물을 권리가 없어요. 이게 대체 무슨 짓이죠? 여기가 경찰국갑니까?"

"총을 주십시오." 카렐라가 말했다.

"왜요?"

"내놔!" 그가 쏘아붙였다.

살이 재킷 안 어깨에 거는 총집으로 손을 넣었다.

"개머리판부터." 카렐라가 말했다.

살이 그에게 총을 건넸다. 카렐라는 총을 살핀 다음 호스에게 주었다. "아이버 존슨 이십이 구경." 그가 말했다.

"프로텍터 실드 에이트군." 호스는 동의한 다음 총구에 코를 대 보았다.

"대체 무슨 냄새를 맡는 겁니까?" 살은 알고 싶어 했다. "그건 수 년 동안 발사된 적이 없다고요."

"이걸 왜 갖고 다니지?" 카렐라가 물었다.

"내 일이에요."

"그건 내 일이기도 해." 카렐라가 소리쳤다. "이제 날 열받게 하지 마, 마르티노. 묻는 말에 대답해!"

"말했잖아요. 내가 총을 갖고 다니는 이유는 내 일이고, 나 혼자만의 일이에요. 그리고 당신들은 지옥에나 가쇼!"

"부러진 팔로 트롬본 불어 본 적 있나?" 호스가 조용히 물었다.

"뭐요?"

"왜 총을 갖고 다니냐고?" 호스가 소리쳤다.

"허가증이 있어요."

"보지."

"난 당신들한테 아무것도 보여 줄 필요가 없어요."

"허가증을 갖고 있다면 보여 주는 게 좋아." 클링이 말했다. "만약 당신이 그러지 않겠다면 난 곧장 저 전화기로 가서 관할서에 전화할 테고, 당신은 형사실에서 모든 걸 설명해야 할 거야. 자, 어떻게 하겠나, 마르티노?"

"허가증이 있다고 했잖아요."

"그럼 그걸 보자니까!"

"알았어요, 알았어, 진정해요. 아시겠지만 난 그걸 당신들에게 보여 줄 필요가 없단 말입니다. 부탁을 들어 드리죠."

"넌 너 자신을 위한 일을 하는 거야, 마르티노. 허가증이 있는데 보여 줄 수 없다면 넌 그걸 잃어버린 거야. 그게 법이지. 자 그걸 보자고."

"당신이 법을 만드는 거 아닙니까?" 마르티노가 지갑을 뒤지며 말했다.

"휴대 허가인가, 실내 소지 허가인가?"

"휴대요. 당신은 내가 실내 소지 허가증으로 총을 갖고 다닌다고 생각합니까?"

"그게 어딨지?"

"잠시만요, 잠시만." 마르티노가 말했다. 그가 지갑에서 서류를 꺼내 그것을 펼쳤다. 그는 그것을 카렐라에게 건넸다. "자요." 그가 말했다. "이제 됐습니까?"

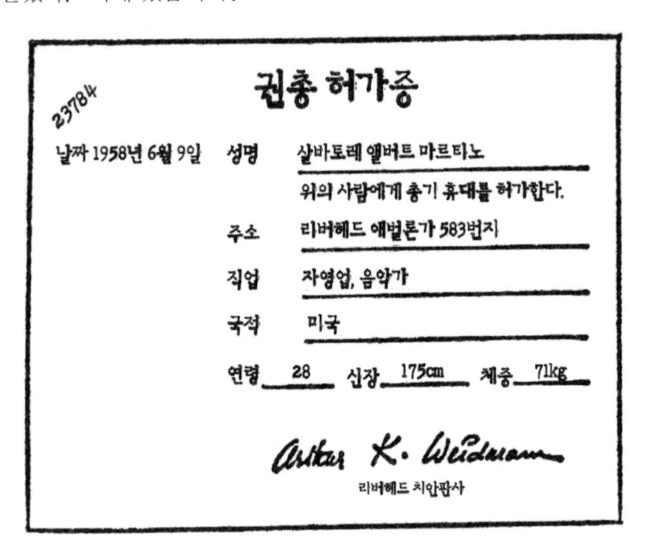

권총 허가증

23784

날짜 1958년 6월 9일

성명 살바토레 앨버트 마르티노

위의 사람에게 총기 휴대를 허가한다.

주소 리버헤드 애벌론가 583번지

직업 자영업, 음악가

국적 미국

연령 28 신장 175cm 체중 71kg

Arthur K. Weidman

리버헤드 치안판사

서류는 우표 같은 절취선에 의해 세 부분으로 나뉘어 있었다. 그것은 칙칙한 색조의 핑크색 종이에 인쇄되어 있었다. 허가증의 끝부분은 우표처럼 톱니 모양으로 되어 있었다. 각 장은 가로 11.5센티미터, 세로 9.5센티미터였다.

카렐라는 각 장을 주의 깊게 읽었다. 이내 그는 뒷장을 읽으려고 허가증을 뒤집었다.

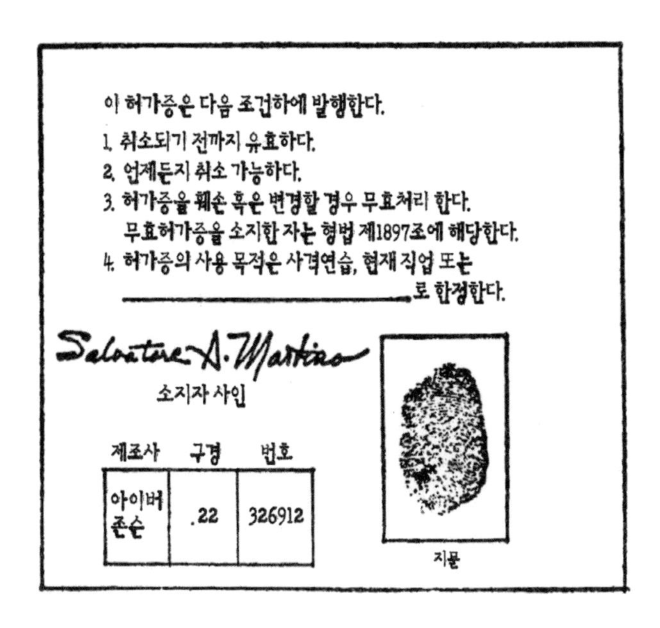

이 허가증은 다음 조건하에 발행한다.

1. 취소되기 전까지 유효하다.
2. 언제든지 취소 가능하다.
3. 허가증을 훼손 혹은 변경할 경우 무효처리 한다.
   무효허가증을 소지한 자는 형법 제1897조에 해당한다.
4. 허가증의 사용 목적은 사격연습, 현재 직업 또는
   ______________________로 한정한다.

Salvatore A. Martino

소지자 사인

제조사	구경	번호
아이버존슨	.22	326912

지문

허가증의 세 번째 장은 단지 마르티노에게 총기 구입을 허가하는 내용으로, 리버헤드 치안판사 아서 K. 와이드먼의 사인이 있었다.

카렐라는 허가증이 합법적이라는 것을 한눈에 알았다. 그럼에도 늑장을 부리며 조사했다. 그는 러시아 스파이가 준비한 미심쩍은 국제 서류라도 되는 양 그것을 큰 손 안에서 뒤집었다. 사인을 꼼꼼히 살폈고, 엄지손가락 지문을 꼼꼼히 살폈으며, 마르티노의 22구경에 찍힌 숫자와 허가증상의 일련번호를 과장되게 비교했다.

이내 그는 총과 허가증을 트롬본 연주자에게 돌려주었다.

"자, 이제 그걸 왜 갖고 다니는지 우리에게 말해 보실까, 살?"

"말해야 할 이유가 없습니다. 허가증이면 충분하니까요. 난 총을 갖고 있고, 그걸 위한 허가증을 갖고 있고, 당신들이 알아야 할 건 그게 답니다. 괜찮으시다면 난 저녁 식사를 위한 음악을 연주해야겠습니다."

"저녁 식사 음악은 기다려도 돼. 질문에나 대답해, 살!" 클링이 말했다.

"그래야 할 이유가 없다니까요."

"연행하는 게 낫겠어." 호스가 말했다.

"날 연행한다고요? 무슨 이유로?" 마르티노가 소리쳤다.

"경찰에 대한 적법한 협조를 거부한 이유로." 호스가 머리에서 떠오른 대로 즉각 소리쳤다.

"오케이, 오케이, 오케이." 마르티노가 점점 소리 높여 말했다. "오케이."

"응?"

"겁이 났어요."

"뭐라고?"

"겁이 났다고요. 난 일하느라 가끔 새벽 서너 시까지 집에 가지 못해요. 난 겁난다고요. 밤 너무 늦은 시간에 돈과 내 나팔을 갖고 거리를 걷고 싶지 않단 말입니다. 난 무서워요, 알겠어요? 그래서 총기 허가증을 신청해서 갖고 있는 겁니다. 왜냐하면 무서우니까요, 오케이? 오케이? 당신들 빌어먹을 질문에 대답이 됐습니까?"

"대답이 되는군." 카렐라가 그렇게 말하며 다소 멋쩍은 얼굴로 동료들을 보았다. "밴드로 돌아가도 되겠어."

마르티노는 총기 허가증을 반으로 접어 지갑의 운전 면허증 옆에 넣었다.

"무서워하지 말란 법은 없잖습니까." 그가 말했다.

"만약 그런 법이 있다면," 카렐라가 대꾸했다. "우린 모두 감옥에 있겠지."

풀렌 앨릭　　약 및 잡화　　117북18...............타일러 8-9670
풀렌 찰스　　　　　　　　라퐁텐 3321...............애디슨 2-1074
풀렌 도널드　부동산&보험　폰디고 131...............메이너드 4-6700
**　　자택　　아처 4251................................메이너드 4-3812**

"여기 있군." 마이어 마이어가 밑에 있는 것을 읽었다. "도널드 풀렌. 폰디고가 백삼십일 번지…… 아니, 잠깐, 그건 사무실이고. 아처가 4251번지. 이 근방 아닐까?"

"난들 알겠어." 오브라이언이 말했다. "경찰한테 묻는 편이 낫겠어. 자넨 그 숫자를 너무 빨리 찾았어, 마이어. 난 아직 커피도 다 못 마셨는데."

"그럼, 빨리 마셔."

참을성 있게, 마이어는 커피를 한입에 꿀꺽 삼키는 오브라이언을 기다렸다.

"난 하루 종일 이 커피 한 잔을 목말라했다고." 오브라이언이 말했다. "미스콜로와 그 문제를 해결해야겠어. 혹시 그가 브랜드나 뭐 다른 걸 바꾸도록 내가 미묘한 암시를 할 수 있다고 생각해?"

"안 먹힐 것 같아, 밥."

"나도 그럴 것 같아."

"왜 형사실에 자네 커피포트를 가져오지 않는 거야? 그리고 전열기를 사면? 개인용 같은 거 말이야."

"젠장, 좋은 아이디어 같은데." 오브라이언이 말했다. "한 가지만 빼고."

"그게 뭔데?"

"난 커피를 어떻게 끓이는지 몰라."

"좋아, 자, 마셔."

오브라이언은 커피를 비웠다. 둘은 함께 길모퉁이에 주차해 둔 표식 없는 경찰 세단을 향해 걸었다.

"아처가 4251번지라." 마이어가 말했다. "처음 눈에 띄는 교통경찰한테 물어보자."

그들은 열 블록을 가는 동안 한 명의 경찰도 보지 못했다. 두 사람은 마침내 만난 경찰을 불러 세우고 그에게 아처가가 어디인지 물었다.

"아처가 말입니까?"

"네, 그런 것 같은데요."

"그러니까 정확히 말해 봐요. 그리고 모퉁이에 차를 대세요. 댁들이 길을 막고 있잖아요!"

"우린 그냥 그곳을 알고 싶……,"

"댁들이 알고 싶어 한다는 걸 압니다. 나랑 싸우자는 겁니까?"

"아니요, 경관님." 마이어는 그렇게 말한 다음 모퉁이에 차를 대고 그 경찰이 뒤에 있던 차들을 정리하는 동안 기다렸다. 마침내 경찰이 차로 걸어왔다.

"길 한복판에 차를 세우면 안 된다는 거 모릅니까?" 그가 물었다.

"생각 못 했군요." 마이어가 말했다.

"그러시겠지. 자, 알고 싶은 게 뭐라고요?"

"아처가로 가는 길이요."

"두 블록 내려가서 우회전해요. 찾는 번지수가 뭐라고요?"

"4251." 마이어가 말했다.

"우회전한 다음 세 블록 더 가세요." 그가 다가오는 차를 힐끗 보았다. "좋아요, 가세요." 그들이 움직이기 시작했을 때 그가 소리쳤다. "그리고 다신 길 한복판에 차를 세우지 마요, 알겠습니까, 선생?"

"멋진 친구야." 마이어가 말했다.

"경찰 이름에 먹칠을 하는군." 오브라이언이 침울하게 말했다.

"왜? 그 친구가 우릴 도와주지 않았나?"

"심통을 부렸지." 오브라이언은 그렇게 말했고, 마이어는 우회전을 했다. "여기서 세 블록, 맞지?"

"맞아." 마이어가 말했다. 그들은 느긋하게 차를 몰다 4251번지 앞에 세웠다. "여기군. 그가 집에 있길 바라자고."

아처가 4251번지는 리버헤드에 있는 대부분의 집처럼 개인 주택이었다. 마이어와 오브라이언은 현관으로 올라가 노커로 문을 두드렸다. 흰 셔츠에 빨간 조끼를 입은 키 큰 남자가 나왔다.

"네." 그가 말했다. "무슨 일이시죠?"

"풀렌 씨?" 마이어가 말했다.

"그런데요?" 풀렌이 방문자들을 유심히 살폈다. "부동산 때문에 오셨나요, 보험 때문에 오셨나요?"

"몇 가지 여쭈고 싶은 게 있어서요, 풀렌 씨. 저흰 경찰에서 나왔습니다."

"경찰?" 풀렌은 순식간에 하얗게 질렸다. "무…… 무…… 무슨…… 무슨 일……?"

"들어가도 되겠습니까, 풀렌 씨?"

"네. 네, 들어오세요." 풀렌은 지켜보고 있는 이웃이 있는지 확인하려고 두 사람 너머를 힐끗 보았다. "들어오세요."

두 사람은 그를 따라 집 안 거실로 들어갔다. 거실에는 적갈색 모헤어로 마감한 육중한 가구가 놓여 있었다. 그것이 작은 실내를 실제보다 더 더워 보이게 했다.

"앉으세요." 풀렌이 말했다. "이게 다 뭡니까?"

"우나 블레이크 양에게 전화를 하셨거나 받으신 적 있습니까?"

"이런, 그럼요." 풀렌은 놀라 보이더니 이내 안도했다. "오, 그녀에 관한 겁니까? 내가 아니라? 그녀요?"

"네, 그녀에 관한 겁니다."

"그녀가 다루기 힘든 사람이란 걸 알았습니다. 처음 보자마자 알았죠. 아주 현란한 사람이죠. 아주 현란. 그 여잔 뭡니까? 창녀?"

"아니요, 저흰 그 여자가 어떤 사람인지 모릅니다. 그녀가 당신과 어떤 일을 했는지 알고 싶을 뿐입니다."

"이런, 부동산 일이죠." 풀렌이 말했다. "뭐라고 생각하셨습니까? 그녀는 아파트를 빌리고 싶어 했습니다."

"어디의?"

"음, 그에 관해 꽤 구체적이더군요. 찰스가 팔백삼십일 번지 뒤쪽이나 찰스가 팔백삼십일 번지에 면한 쪽 아파트를 원했습니다."

"그 말을 들으니 생각나는 게 있는데," 마이어가 말했다. 그는 잠시 생각했다. "맞아. 거긴 스티브 부모님이 사시는 데군. 블레이크 양이 왜 그 주소 근처의 아파트를 원하는지 말했습니까?"

"거기에 친구들이 있다고 했습니다."

"알겠습니다. 그녀에게 아파트를 구해 주셨습니까?"

"아니요. 그러진 못했고요. 하지만 다른 요구를 들어줄 순 있었죠. 네, 저는 그녀에게 그에 관한 좋은 서비스를 해 줬습니다."

"어떤 것 말입니까?" 오브라이언이 물었다.

풀렌은 미소를 지었다. "이런, 그녀가 원한 사진관 옆 아파트요."

"훌륭한 만찬이야!" 번바움이 말했다. "토니, 전에 없이 좋은데. 멋진 결혼식에 멋진 만찬!"

"번바움, 샴페인 좀 들게." 토니가 말했다. "우린 여기에 프랑스를 놀라게 하기 충분할 만큼 샴페인이 많네. 샴페인 좀 들라고, 친구." 그는 번바움을 얼음 인어로 끌고 가 얼음 통에서 한 병을 꺼냈다. 그 주위 모든 곳에서 샴페인 코르크 마개가 터지고 있었고, 펑 하고 터지는 소리들이 토니의 마음을 기쁨으로 채웠다. 정말 멋진 결혼식이 되어 가고 있었다. 어쩌면 이 형편없는 피로연 회사들에 들인 돈이 결국 그 값을 하는지 몰랐다. 그는 병목에서 금색 포일을 벗긴 다음 와이어를 떼어 냈다. 양 엄지손가락으로 잡은 코르크 마개를 천천히 병에서 밀어냈다. 그 옆에 서 있는 번바움이 손가락으로 귀를 막았다. 코르크가 병에서 위로 움직거렸다.

"펑!" 토니가 그렇게 외친 순간 코르크가 병에서 폭발하며 흰 거품이 녹색 병목을 따라 토니의 두툼한 손가락으로 흘러내렸다. 번바움이 토니의 등을 두드렸고, 두 사람은 떠들썩하게 웃음을 터뜨리기 시작했다. 밴드가 더욱 우렁차게 연주하고 있었고, 조디 루이스는 잔디밭을 온통 뛰어다니면서 플래시를 터뜨리고 후세를 위해 신부와 신랑을 사진에 담고 있었다. 그는 결혼 전리품 모으기라는, 오래되고 유서 깊은 관습이 일어날 참인 긴 결혼 테이블로 두 사람을 따라갔다. 앤절라는 아름다운 여주인으로서 길게 늘어선 손님을 영접할 준비를 했다. 토미는 귀에 입이 걸린 채 그녀 옆에 앉았고, 조디 루이스는 친지들이 신부의 행운을 빌며 그녀에게 줄줄이 키스하며 지나칠 때, 신랑을 축하하며 그와 악수하며 지나칠 때 연신 셔터를 눌러 댔다. 악수가 이어지는 동안 토미의 손에 선물, 10달러 혹은 20달러가 든 봉투가 쥐어졌다.

"축하합니다." 덕담을 하는 사람이 원시시대의 잔인성이 내재된

문명화된 몸짓으로 새로 왕위에 오른 왕에게 바치는 전리품인 돈을 전달하며 살짝 쑥스러워하면서 말했다. 그리고 품위 있게 선물을 받는 것보다 어려운 것은 없었기 때문에 토미는 매번 쑥스러워했고, 그 품위를 습득하기에 그는 너무 젊었다. "감사합니다." 그는 반복해서 웅얼거렸다. "감사합니다, 감사합니다."

샴페인 코르크는 계속 폭발하고 있었다.

"이 샴페인의 문제는," 번바움이 말했다. "화장실에 가고 싶게 한다는 거지."

"그럼 가게." 토니가 말했다.

"그럴 걸세."

"위층일세. 복도 끝에 있는 침실……,"

"아니, 싫어. 거긴 너무 붐벼. 내 집으로 가겠네."

"뭐? 피로연을 놓치겠다고?"

"일 분이면 돼. 금세 올 거야. 걱정 말게, 토니, 곧 올 테니까. 내가 알아서 하지."

"알았네, 번바움. 서둘러! 서두르라고!"

번바움은 머리를 끄덕이고 옆 부지에 있는 자신의 집을 향해 덤불을 헤치고 나아가기 시작했다.

선물과 축하를 받느라 바쁜 앤절라와 토미의 눈에 띄지 않는 테이블 끝에 한 쌍의 손이 적포도주가 가득 담긴 한 쌍의 작은 병을 놓았다. 각 와인병에는 큰 리본이 묶여 있었다. 한 리본은 핑크색이었고, 다른 것은 파란색이었다.

핑크색 리본에는 다음과 같은 카드가 붙어 있었다.

신부에게

파란색 리본에는 토미가 보았더라면 즉각 반응을 보였을지 모를, 핑크색 리본의 카드와 비슷한 카드가 붙어 있었다. 의심스러우나마 그는 거기에 쓰인 글씨가 오늘 일찌감치 받은 카드에 쓰인 글씨의 필체와 같다는 것을 알아보았을 터였다.

파란색 리본에 붙은 그 카드의 간단한 글은 다음과 같았다.

신랑에게

"저랑 같이 가요." 존시가 크리스틴에게 말했다.

"알다시피 난 누구와 같이 왔어요." 크리스틴이 수줍어하며 말했다. 그녀는 그 게임을 꽤 즐기고 있었고, 이상하게도 오고 싶지 않았던 결혼식 또한 즐기고 있었다. 하지만 특히 그녀는 샘 존스와 춤을 추고 있는 자신을 볼 때마다 코튼 호스의 얼굴에 퍼지는 당황한 표정을 즐기고 있었다. 그 표정은 꽤 재미있었다. 그녀는 그것을 음악보다 더, 그리고 샴페인보다 더, 그리고 폭발하는 코르크 마개보다 더 즐겼고, 야외 축하연에 만연한 멋지고 자유로운 흥겨움을 즐겼다.

"누구랑 같이 왔다는 거 알아요. 나보다 더 덩치가 크다는 것도요." 존시가 말했다. "하지만 상관없어요. 가요."

"날 어디로 데려가는 거죠?" 존시가 그녀의 손을 잡고 집 옆의 덤불로 이끌 때 크리스틴이 피식 웃으며 말했다. "존시! 설마!"

"가요, 가. 가자니까요." 그가 말했다. "당신에게 뭘 보여 주고 싶어요." 그가 끊임없는 통행으로 짧은 풀이 짓밟혀 길이 난 덤불 깊숙이 그녀를 이끌었다.

"뭘 보여 주고 싶은데요?"

"일단 연회장에서 좀 더 떨어지자고요." 그가 말했다. 그가 그녀의 손을 더 꽉 쥐었다. 급하다는 듯 그가 그녀를 그 길로 끌었다. 크리스틴은 무섭지 않았다. 사실 그녀는 살짝 흥분해 있었다. 그녀는 무슨 일이 있을지 안다고 생각했고, 그 무슨 일을 거부하지 않으리라고 생각했다. 어떤 잘생긴 낯선 청년이 거친 사내처럼 자신을 덤불로 끌고 가 자신에게 진하게 키스한다면 즉시 코튼에게 효과가 있을 것이었다.

아니, 그녀는 거부하지 않을 터였다.

샘 존스가 오후 내내 자신에게 보인 관심에는 아주 즐거운 무언가가 있었고, 아주 어릴 적, 여름 동안 매주 주말 야외 파티가 기본이었던 때의 추억 같은 것이 있었다. 그녀는 지금 그와 함께 짧은 풀 위를 달리며 짐작한 키스를 기대했다. 그녀는 갑자기 자신이 아주 어리게 느껴졌다. 나무 그늘이 진 길을 달리는 어린 소녀. 부지저 끝 햇빛으로 얼룩덜룩한, 풀이 짓밟힌 길에서 춤추는 발.

존시가 갑자기 멈춰 섰다.

"여기요." 그가 말했다. "여기면 충분히 떨어진 것 같죠?"

"뭣 땜에?" 크리스틴이 물었다. 이상하게 그녀의 심장이 쿵쿵 뛰었다.

"모르겠어요?" 존시가 말했다. 그는 카렐라가의 집을 등지고 그녀를 끌어당겼다. 크리스틴은 갑자기 숨이 막히는 것을 느꼈다. 그녀는 그의 키스를 받기 위해 입을 내밀었고, 누군가가 갑자기 비명을 질렀고, 그녀는 온몸에 끼치는 소름을 느꼈다가 비명을 지른 사람이 존시라는 것을 깨달았다. 남자다운 목소리로 미친 듯이 질러대는 비명. 그리고 그녀는 그에게서 떨어져 그의 얼굴을 살피고 그의 멍한 시선을 따라 몸을 돌렸다.

그들이 서 있는 곳에서 2미터도 떨어지지 않은 곳에 한 남자가 길에 얼굴을 박고 쓰러져 있었다. 남자의 등은 피로 흥건했다. 그 남자는 숨을 쉬고 있지 않았다.

"맙소사!" 존시가 말했다. "번바움 아저씨예요!"

9

형사실의 전화가 집요하게 울리고 있었다.

형사실 음료 냉각기 옆에서 구부린 자세로 홀로 있다가 몸을 편 핼 윌리스가 소리쳤다. "알았어, 알았어, 제발! 되는 일이 없군. 물 한 잔 마시러 가지도 못하다니. 알았어, 간다고!" 그는 물이 담긴 종이컵을 쓰레기통에 내던지고 전화기를 향해 죽어라 달려 수화기를 잡아챘다.

"여보세요!" 그가 소리쳤다. "팔십칠 분서입니다!" 그가 소리쳤다. "윌리스 형삽니다!" 그가 소리쳤다.

"잘 들리오." 목소리가 말했다. "전화기 없이도 들릴 정도고, 난 하이가에 있소. 다시 거는 게 낫겠소? 이번엔 피치카토pizzicato 현악기의 현을 손끝으로 튕겨서 연주하는 방법 정도가 어떻겠소?"

"디미누엔도diminuendo 점점 여리게 연주하라는 말라는 뜻이겠죠?" 윌리스가 부드럽게 말했다.

"내 말이 뭐든 의미가 통한 것 같은데. 난 감식반의 에이버리 앳킨스요. 거기 있는 누군가가 우리에게 쪽지를 보냈소. 우린 그걸 조사했고."

"무슨 쪽지요?"

"'신랑에게'라는 쪽지. 알지 않소?"

"글쎄요. 그게 뭡니까?"

"당신 이름이 뭐라고 했소, 친구?"

"윌리스. 핼 윌리스. 삼급 형사. 남자, 백인, 미국인."

"그리고 아주 짜증을 잘 내고." 앳킨스가 말했다.

"이봐요, 정보를 줄 겁니까, 말 겁니까? 난 여기에 하루 종일 혼자 있었고, 할 일이 백만 가집니다. 그러니 어떻게 할 겁니까?"

"그렇다면 말해 주겠소. 잘 들으쇼, 똑똑한 양반. 사용된 종이는 잡화점에서 파는 걸로 스카이라인이라는 제품이오. 온 도시에서 작은 봉투와 카드 열 장씩 한 묶음에 이십오 센트에 팔리는 거지. 그걸 추적해 보쇼. 사용된 잉크는 시퍼스 스크립 삼십이 번 흑색이오. 마찬가지로 우리의 대도시 가게들에서 팔고 있소. 그것도 추적해 보시구려, 똑똑한 양반. 지문으로 넘어가겠소. 카드 위의 두 지문은 모두 엉망이오. 하나는 토머스 조르다노라는 사람 거요. 전과는 없소. 그의 지문을 확인한 결과 그는 육군 통신 부대에 있었소. 하나는 스티븐 루이스 카렐라라는 사람 것으로, 내가 알기론 대단한 팔십칠 분서에 근무하는 형사요. 그는 그의 통통한 손가락을 어디에 놓을지 주의해야 했소. 이만하면 충분하오, 똑똑한 양반?"

"듣고 있습니다."

"중요한 건 필적이오. 그걸 갖고 오시오. 비교를 위한 샘플을 가져오지 않으면 당신이 알 필요 없는 헛소리가 여기에 잔뜩 있지. 당신이 알아야 할 게 딱 한 가지 있소."

"그게 뭡니까?"

"이걸 보낸 사람이 누구든 우리더러 정보과에 있는 기록과, 마틴 소콜린의 서명과 필적을 비교해 달라고 했소. 우린 그렇게 했지. 그래서 한 가지는 확실하오."

"그래서 그게 뭔데요?"

"마틴 소콜린이 이 연애편지를 쓰지 않았다는 거."

세 형사는 조지프 번바움 시체 앞에 서 있었다. 그들의 얼굴에는 고통도 기쁨도 슬픔도 없었다. 그들은 무표정하게 죽음을 응시했고, 그들이 느낀 것이 무엇이든 사회적 가면 뒤에 완고하게 감춰져 있었다.

카렐라가 처음으로 무릎을 꿇었다.

"등을 맞았군." 그가 말했다. "총알이 아마 심장을 관통했을 거야. 아저씨를 즉사시켰어."

"그게 내 추측이지." 호스가 끄덕이며 말했다.

"왜 우린 총소리를 듣지 못했을까요?" 클링이 물었다.

"샴페인 마개가 온통 폭발하고 있었으니까. 여긴 집에서 멀어. 주위를 살펴보겠나, 버트? 탄피가 있는지 봐."

클링이 덤불을 살피기 시작했다. 카렐라는 크리스틴과 서 있는 존시에게 몸을 돌렸다. 그의 얼굴은 창백했다. 통제하려고 애쓰고 있음에도 바짓가랑이 양옆에 놓인 손이 떨리고 있었다.

"진정해." 카렐라가 매몰차게 말했다. "자넨 우릴 도울 수 있지만, 지금처럼은 아니야."

"난…… 난…… 난…… 도와드릴 게 없어요." 존시가 말했다. "난…… 난 기절할 것 같아요. 그게…… 그게 당신들에게 크리스틴을 보낸 이유예요."

"그게 이윤가?" 호스가 물었다.

"난…… 내가 그럴 수 없다는 걸 알았어요."

"잘한 걸지도 모르겠군." 카렐라가 말했다. "만약 잔디에 토했다면 틀림없이 결혼식을 망쳤을지……,"

"어쨌든 두 사람은 여기서 뭘 하고 있었지?" 호스가 그렇게 말하며 화난 표정으로 크리스틴을 보았다.

"우린 산책 중이었어요." 존시가 말했다.

"왜 여기서?"

"왜 안 되는데요?"

"질문에 대답해, 빌어먹을!" 호스가 소리쳤다. "저 사람이 죽어 있고, 넌 그 시체를 발견한 사람이고, 난 대체 네가 왜 여기에 왔는지 알고 싶은데? 우연히?"

"네."

"뭣 땜에? 둘이 여기서 뭘 하고 있었지?"

"크리스틴과 산책하고 있었어요."

"코튼, 우린 그냥……,"

"당신한테도 물을 거야, 크리스틴." 호스가 말했다. "왜 산책으로 이 길을 골랐지, 존스? 시체를 발견한 목격자가 될 수 있도록?"

"뭐라고요?"

"들었잖아!"

"그건…… 그건 말도…… 말도 안 돼요!"

"그런가? 그럼 왜 여기로 온 거지?"

"그럼 크리스틴과 키스할 수 있으니까요." 존시가 불쑥 뱉었다.

"그래서 했나?" 호스가 악의에 찬 목소리로 말했다.

"코튼……,"

"빠져 있어, 크리스틴. 그녀에게 키스했나?"

"그게 번바움 아저씨와 무슨 상관이에요? 내가 어떻게 했든 당신과 무슨 상관……,"

"시체를 언제 봤지?" 호스가 경찰 일이 아닌 사적인 일로 심문을 끌고 가는 데 짜증이 난 카렐라가 끼어들었다.

"우린 여기 서 있었어요." 존시가 말했다. "그러다 그걸 봤어요."

"여기에 서 있었을 뿐이라고?" 카렐라가 물었다.

"난…… 난 크리스틴에게 키스하려고 했어요."

"계속해." 카렐라는 그렇게 말하며 단단하게 쥐어진 호스의 주먹을 주시했다.

“시체를 봤어요.” 존시가 말했다. “그리고 난…… 난 비명을 질렀어요. 그러다가 그게 번바움 아저씨라는 걸 알아챘어요.”

“이 길은 어디로 나 있지?” 호스가 쏘아붙였다.

“번바움 아저씨네로요. 옆 부지의.”

클링이 덤불을 헤치고 나왔다. “여기 있어요, 스티브.” 그가 그렇게 말하며 황동 탄피를 내밀었다. 카렐라는 그것을 보았다. 탄피 측면에 ‘357 매그넘’이라고 찍혀 있었다. 탄피 밑면에는 둥글게 글자가 새겨져 있었다.

어쨌든 어떤 종류의 총이 이 특정 탄피를 발사했는지는 의문의 여지가 없었다. 콜트나 스미스 앤드 웨슨이나 매그넘 리볼버.

“매그넘.” 카렐라가 말했다. “큰 총이지.”

“꼭 그렇다고 할 순 없어.” 호스가 말했다. “스미스 앤드 웨슨사는 삼 점 오 인치 짧은 총신의 매그넘을 출시했어.”

“아무튼 이 탄피가 아이버 존슨 이십이 구경을 가진 우리의 친구 마르티노를 풀어 주는군.”

"그래. 이제 뭘 해야 하지, 스티브?"

"북부 살인반에 전화해야겠지. 현장에 세 형사가 있으니 관할서에 전화해야 할 것 같진 않아. 아니면 그래야 하나?"

"그게 좋겠어."

"젠장, 난 결혼식을 망치고 싶지 않아." 그가 사이를 두었다. "번바움 아저씨도 그걸 원하지 않을 거야."

"어쩌면 안 그래도 될지 몰라."

"어떻게?"

"이곳은 자네 아버지의 땅과 완전히 분리돼 있어. 어쩌면 우린 번바움의 뒷마당을 가로질러 덤불을 지난 옆 동네에서 사진사와 검시관을 데려올 수 있을지도 몰라. 어떻게 생각해?"

"모르겠군." 카렐라가 말했다.

"어쨌든 여긴 몇 분서 관할이지?"

"백십이 분서일걸."

"그 분서에 아는 사람 있어?"

"아니. 자넨?"

"없어."

"그렇다면 뭣 땜에 그들이 우리에게 호의를 베풀 거라고 생각하는 거야?"

"동업자 간의 예의. 젠장, 부탁해서 나쁠 거 없어. 결혼은 한 번뿐이잖아."

카렐라는 고개를 끄덕이고 생명이 빠져나간 이웃인 번바움의 시체를 내려다보았다. "죽음도 한 번뿐이지." 그가 말했다. "이리 와, 존시, 집으로 가지. 맥스웰 양도요. 두 분에게 묻고 싶은 질문이 몇 가지 있습니다. 버트, 자넨 가서 백십이 분서에 전화하게. 코튼, 시체와 있을 거지?" 그는 호스가 클링보다 112분서와의 사교에 더 능할지 의심스러웠다. 하지만 동시에, 그는 자신이 존시와 크리스틴에게 질문을 하는 동안 분명 겁을 먹었을 용의자에게 소리칠 질투 난 남자를 더 원치 않았다.

카렐라의 작전을 눈치챘는지 호스는 내색하지 않았다. 그는 단지 고개를 끄덕이고 나머지 사람들이 집을 향해 돌아가기 시작했을 때 엎어져 있는 번바움 옆에 서 있으러 갔다.

호스는 멀리서 나는 밴드 소리, 터지는 웃음소리, 샴페인 코르크 마개가 작게 터지는 소리를 들을 수 있었다. 가까이에서는 벌레들이 수만 가지 소음으로 숲을 채웠다. 그는 파리를 잡으려고 콧잔등을 찰싹 때린 다음 담배에 불을 붙였다. 그는 덤불에 난 길이 번바움이 엎드려 있는 곳 몇 미터 지나서 급하게 꺾여 있는 것을 알아챘다. 덤불에 난 길의 꺾어진 곳으로 한가하게 걸어간 호스는 자신을 둘러싼 숲이 갑작스레 번바움네 뒷마당의 잔디와 만나며 끝났을 때 깜짝 놀랐다. 그는 번바움네 집을 힐끗 보았다.

무언가가 다락방 창문에서 번쩍였다.

그는 다시 보았다.

갑작스러운 움직임이 있었는가 싶더니 창문은 열려 있는 빈 직사각형에 지나지 않았다.

하지만 호스는 방금 그 창가에서 라이플을 든 남자를 보았다고 확신했다.

빨간 실크 드레스를 입은 금발이 아래층 침실 화장대에 앉아 있을 때 크리스틴 맥스웰이 들어왔다. 카렐라는 존시에게 따로 질문하고 싶다고 그녀에게 말했었고, 곧 그녀에게 가겠다고 했다. 그녀는 즉시 여자 화장실을 찾아 아래층으로 갔다. 그녀는 기분이 썩 좋지 않았고, 세수를 한 다음 립스틱을 새로 바르고 싶었다.

빨간 실크 드레스를 입은 금발이 그녀의 기분을 더 나쁘게 했다.

크리스틴이 푸른색 파우치를 화장대에 내려놓았을 때 그 금발은 어느 할리우드 영화의 안방 장면에 필적할 만큼 아름답게 꼰 다리 위로 빨간 드레스를 들어 올린 다음 스타킹을 바로잡고 있었다. 타이트하고 가슴이 깊이 팬, 지나치게 풍만해 보이게 하는 빨간 실크 드레스를 입은 여자 옆에 서서, 근사하게 쭉 뻗은 다리 옆에 서서 크리스틴 맥스웰은 갑자기 자신이 말라깽이가 된 듯한 불편함을 느꼈다. 그녀는 그것이 터무니없다는 것을 알았다. 그녀는 늘 자신이 도시의 어느 거리 길모퉁이에서나 한두 번의 휘파람 소리를 유발할 만큼 꽤 균형이 잡혀 있다고 생각했다. 하지만 늘씬한 다리 위의 나일론 스타킹을 매끄럽게 매만진 금발이 너무나 타고난 미인에, 너무나 제왕적 조각상 같아서 크리스틴은 갑자기 자신이 그동안 자신을 속여 왔다는 생각이 들었다. 금발이 가터벨트를 조일 때 그녀의 어깨와 가슴이 흔들렸다. 매혹적이야. 크리스틴은 물결치는 살결을 바라보았다.

"자기, 창백해 보여요." 금발이 말했다.

"네? 오, 그래요. 그럴 거예요."

"나가서 저 위스키라도 마셔요. 뺨에 혈색이 돌아오게요." 그녀가 벌떡 일어나 자신을 거울에 비춰 보고 삐친 머리카락을 다듬더니 말했다. "이제 여긴 당신 차지예요. 난 화장실에 가야겠어요." 그녀는 침실로 걸어가 등 뒤로 문을 닫아걸었다.

크리스틴은 파우치를 열고 빗을 꺼내 머리를 빗기 시작했다. 그녀는 창백해 보였다. 세수하는 편이 낫겠어. 맙소사, 그 불쌍한 남자가 그 길에 누워 있다니.

화장실 문이 열렸다. "그럼, 안녕, 자기." 금발이 말했다. 그녀는 화장대로 걸어가 그 위의 파우치를 낚아채고 침실 밖으로 거침없이 걸어 나갔다.

보아하니 그녀는 자신이 가져간 파우치가 크리스틴의 것이었다는 것을 알아차리지 못했다.

불안한 상태에 있던 크리스틴도 그 실수를 알아차리지 못했다.

번바움의 빈집 다락방 창턱 너머를 유심히 응시하고 있던 남자는 호스가 창문을 힐끗 올려다보고 다시 힐끗 올려다보는 모습을 보았다. 그는 잽싸게 창턱 아래로 몸을 수그렸다.

그가 날 봤어. 그는 생각했다.

그가 라이플을 봤어.

이제 어쩌지?

빌어먹을 그년은 사람들을 이 집에서 떨어뜨려 놔야 한다는 걸 알 텐데! 그년은 대체 어디 있는 거야! 왜 해야 할 일을 하지 않는 거지?

그는 귀를 기울이며 기다렸다.

집 뒤편에서 버석거리며 잔디를 가로지를 때 나는 소리가 계속 이어졌다. 그는 주의 깊게 손과 무릎을 바닥에 대고 긴 다음 몸을 일으켰다. 그는 창문에서 물러났다. 그가 서 있는 곳은 밖에서 보이지 않지만 그는 잔디밭을 훤히 내다볼 수 있었다. 좋아, 그 남자가 잔디를 가로질러 이 집을 향해 빠른 걸음으로 오고 있군.

어떻게 해야 하지? 그는 생각했다.

그는 귀를 기울였다.

남자는 집 옆으로 다가오고 있었다. 그는 점판암 보도에서 나는 발소리를 들었다. 그리고 그 발걸음이 현관 포치로 이어지더니 현관 앞에 서기 위해 포치를 가로지르며 쿵쾅 소리를 냈다. 노크는 없었다. 경첩이 삐걱거리며 현관문이 은밀히 열렸다.

정적.

저격자는 다락방에서 기다렸다. 그는 고요한 집 안을 거쳐 조용히 계단을 향해 다가가는 주의 깊은 발소리를 다시 들을 수 있었다. 머뭇거리는 걸음걸이. 삐걱거리는 계단이 침입자를 다락방으로 점점 가까이 데려오고 있었다. 저격자는 재빨리 문으로 가서 문 바로 옆에 섰다. 그는 재빨리 총열을 다잡았다.

이제 바깥 복도에서 나는 발걸음 소리는 신중했다.

그는 숨을 참고 기다렸다.

문손잡이가 거의 감지할 수 없을 만큼 움직였다.

저격자는 라이플을 야구방망이처럼 어깨 위로 치켜들었다.

총을 쥔 코튼이 다락방으로 통하는 문을 발로 차 연 순간 갑작스럽게 어렴풋한 호를 그리며 움직인 라이플의 개머리판이 그의 옆얼굴을 때렸고, 그는 바닥에 쓰러지며 의식을 잃었다.

10

조디 루이스 사진관 길 건너 작은 방의 공기 중에는 여전히 화약의 악취가 떠돌았다. 도널드 풀렌이 자신의 열쇠로 문을 열더니 말했다. "휴, 이게 무슨 냄새지?"

"화약." 마이어가 즉시 말했다. 비록 그다지 좋진 않지만 그 냄새는 아내의 향기만큼이나 그에게 익숙했다. "누가 여기서 총을 쐈어, 밥."

"그래." 그렇게 말한 오브라이언은 즉시 탄피를 찾기 시작했다.

마이어는 창가로 갔다. "사진관이 잘 보이는군." 그가 말했다. 그가 불쑥 허리를 숙였다. "여기 있어, 밥." 그가 탄피를 주워 올렸다.

"여기 하나 더 있어." 오브라이언이 말했다. 그가 그 탄피를 마이어에게 가져왔다.

"같은 종이야." 마이어가 말했다. "라이플."

"누가 이 방에서 라이플을 쐈다고요?" 풀렌이 못 믿겠다는 듯이 물었다.

"그렇게 보입니다." 마이어가 말했다.

"왜요? 이 작은 방에서 누가 왜 라이플을 쏘겠습니까?"

"분명 길 건너 저 사진관으로 들어가거나 나오는 사람을 맞히려고 그랬을 겁니다. 블레이크 양이 특별히 저 사진관 가까이에 있는 집을 부탁했다고 하시지 않았습니까?"

"이런, 맞아요! 놀랍군요." 풀렌이 말했다. "그건 분명 놀라운 추리군요."

"기본이죠." 마이어가 거창하게 말했고, 오브라이언은 웃음을 참았다. "여길 살펴보자고, 밥. 라이플은 특히 여자가 고를 만한 무기 같진 않아. 어떻게 생각해?"

"난 일요일엔 절대 생각을 안 해." 오브라이언은 그렇게 말했지만 집 안을 살피기 시작했다. 집은 일시적으로 쓰인 것처럼 보였다. 한쪽 벽에 황동 틀로 된 침대가 있었고, 그 옆에 탁자가 있었다. 탁자 위에는 대야와 물 한 주전자가 놓여 있었다. 방 한구석 낡은 안락의자 옆에 플로어 스탠드가 있었다. 창문 반대편 벽에는 커튼이 쳐진 옷장이 있었다. 그 옆에 작은 욕실로 통하는 문이 있었다. 오브라이언이 그 욕실에 들어가 구급상자를 열었다. 비어 있었다. 그는 옷장의 커튼을 걷고 빈 옷걸이를 보았다.

"여기 있던 자는 짐이 거의 없었군." 그가 말했다.

"여자 흔적은?" 마이어가 말했다. "립스틱 티슈? 머리핀? 긴 머리카락?"

"사람의 흔적도 없어." 오브라이언이 말했다. "잠깐, 여기 뭔가 있는데." 그가 침대 옆 탁자에서 재떨이를 들어 올렸다. "시가 꽁초. 시가를 피우는 여자 알아?"

"앤 백스터미국 배우와 허마이어니 깅골드영국 배우." 마이어가 말했다. "두 사람도 라이플을 쏠 것 같아?"

"어쩌면. 하지만 여배우는 대부분 일요일엔 일하지 않아. 게다가 내 운엔 절대 유명인이 관련된 사건은 없을 거야."

"난 한 번 있었지." 마이어가 말했다. "가수. 그때 내가 유부남이라는 게 아쉽더군."

"왜?"

"음." 마이어는 그렇게 말하고 어깨를 으쓱하는 것으로 감정을 드러냈다.

"확실히 당신들이 일하는 모습을 보는 건 대단히 흥미롭군요." 풀렌이 말했다.

"직접 보는 건 모든 면에서 텔레비전을 능가하죠." 오브라이언이 말했다. "사람들은 경찰이 매일 칙칙한 사무실에 나가 보고서를 세 부씩 타이핑하고 온 시내에 다리품을 판다고 생각합니다. 그저 평범한 사람들로요, 알겠습니까? 아내와 아이들이 있는 사람. 선생이나 나 같은 사람으로요, 풀렌 씨."

"그래요?" 풀렌이 말했다.

"그럼요. 그게 다 텔레비전의 영향입니다. 사실 경찰이란 직업은 꽤 매력이 넘칩니다. 안 그래, 마이어?"

"물론이지." 마이어가 시가 꽁초를 킁킁거리며 말했다.

"저 친군 늘 몸에 착 달라붙는 네글리제 차림의 화려한 금발과 엮인답니다. 안 그래, 마이어?"

"물론이지." 마이어가 말했다. 시가의 상표는 화이트 아울이었다. 그는 그것을 유념해 두었다.

"저 친군 화려하고 흥분된 모험적 삶을 살죠." 오브라이언이 말했다. "화려한 바에서 술을 마시지 않을 땐 캐딜락 컨버터블을 타고 무릎에 금발을 앉힌 채 드라이브를 합니다. 맙소사, 멋진 인생이라니까! 정말이에요, 풀렌 씨, 경찰 일이 모두 판에 박힌 것 같진 않습니다."

"부동산 일보다 더 흥미롭게 들리네요." 풀렌이 말했다.

"오, 그렇죠, 그렇습니다. 게다가 봉급은 환상적이죠." 그가 윙크했다. "촌지는 말할 것도 없고요. 풀렌 씨, 텔레비전에서 나오는 걸 믿지 마십시오. 경찰은, 풀렌 씨, 따분한 멍청이가 아닙니다."

"난 경찰이 그렇다고 생각한 적 없습니다." 풀렌이 말했다. "확실한 건 두 분이 일하는 방식이 매력적이라는 겁니다."

"라이플이 두 번 발사된 걸 이 건물의 누군가가 들었을 거란 생각 안 들어, 밥?" 마이어가 말했다.

"그랬을 거 같아. 여기가 청각 장애인을 위한 건물이 아니라면."

"이 층에 또 다른 집이 있습니까, 풀렌 씨?"

"복도 맞은편에 한 집 있습니다." 풀렌이 말했다. "내가 세를 놓았죠."

"알아보자고, 밥."

그들은 복도 건너편의 문을 노크했다. 목욕용 가운을 입은 짧은 수염이 난 젊은 남자가 문을 열었다.

"네?" 그가 말했다.

"경찰입니다." 마이어가 말했다. 그가 배지를 휙 내보였다.

"오, 경찰이라." 목욕 가운을 입은 남자가 말했다.

"성함이 어떻게 되시죠?" 마이어가 물었다.

"실명이요, 가명이요?"

"둘 다요."

"시드 레프코위츠가 제대로 된 이름이죠. 스탠드에 설 땐 시드 레프를 씁니다. 더 짧고, 더 귀엽고, 리듬감 있는."

"무슨 스탠드요?"

"밴드 스탠드요."

"음악갑니까?"

"기타를 칩니다."

"어느 이름을 더 선호합니까?"

"당신이 좋다면 뭐든요. 난 안 가려요. 마음대로 불러요."

"레프 씨, 복도 건너편 방에서 난 총소리 같은 걸 들으셨습니까?"

"총소리요? 오, 그 소리가 그겁니까?"

"그 소릴 들었습니까?"

"뭔가 들었어요. 하지만 신경 쓰일 정돈 아니었어요. 전 현을 작업 중이었죠."

"뭘 작업했다고요?"

"〈십이 현을 위한 교향곡〉. 오해 마세요. 그건 재즈 심포니죠. 저는 기타 셋, 바이올린 여섯, 더블베이스 둘 그리고 피아노를 위한 곡을 작업 중이었습니다. 피아노가 낀 건 시적 자유 같은 거죠. 아무렴 어떻습니까. 사운드보드에 현 없이 피아노가 될 수 있겠습니까, 안 그래요?"

"그 총소리를 확인해 봤습니까?"

"아니요. 그게 폭발음 같은 건 줄 알았습니다. 이 옆으로 하루 종일 트럭들이 다니니까요. 이 거리가 파크웨이로 가는 지름길이라서요. 이 집은 아주 소음이 심합니다. 전 여기서 나갈 생각이죠. 소음 한가운데서 어떻게 집중을 하겠습니까, 에?"

"저 집에 사람이 있는지 아셨습니까?"

"슬러시 펌프slush pump 트롬본을 가리키는 속어를 갖고 다니는 남자요?"

"뭐요?"

"슬러시 펌프. 트롬본. 한 남자가 겨드랑이에 트롬본 케이스를 끼고 거기서 나왔죠."

"그 밖에 다른 건?"

"없었어요. 그 나팔뿐."

"그 나팔을 봤습니까?"

"그 케이스를 봤죠. 빈 트롬본 케이스를 갖고 다니겠어요? 그건 줄 없는 기타를 갖고 다니는 거나 마찬가집니다. 말도 안 돼죠."

"그와 얘기한 적 있습니까?"

"몇 마디 주고받았죠." 레프코위츠가 말했다. "문이 열리고 그가 나갈 때 그 나팔 케이스를 보고 말을 걸었죠. 그는 오후 결혼식 공연에 가는 중이었습니다."

"뭐요?"

"공연. 일이요. 내가 말하지 않았습니까? 그 남자가 트롬본을 분다고."

"어떻게 생겼습니까?"

"코가 부러진 덩치 큰 남잡니다. 검은 머리에 검은색 눈이고요. 시가를 피우고 있었습니다."

"그 친구 같아, 마이어?" 오브라이언이 물었다.

"그 친구 기록의 인상착의로 보아 우리가 찾는 남자 같은데." 그가 레프코위츠를 향했다. "오른쪽 눈가에 흉터가 있었습니까?"

"눈이 안 좋아서요." 레프코위츠가 말했다. "그럴지도 몰라요. 모르겠군요."

"그가 결혼식에 가는 걸 어떻게 알았습니까?"

"그가 그렇게 말했어요. 결혼 공연에 가는 길이라고요."

"자기가 결혼식에서 트롬본을 분다던가요? 정확히 그렇게 말했습니까?"

"아니요. 그는 결혼식에 가는 길이라고 했어요. 하지만 결혼식에 나팔을 가져가는 이유가 달리 뭐죠, 그걸 불지 않을 거라면?"

"그게 몇 시였죠?"

"몰라요. 다섯 시 다 돼서일 거예요."

"알겠습니다. 대단히 감사합니다, 레프코위츠 씨."

"별," 레프코위츠가 말했다.

"네?"

"말씀을요." 그가 문을 닫았다.

"어떻게 생각해?" 오브라이언이 물었다.

"자넨 첫 번째 방에서 라이플을 봤나?"

"아니."

"그리고 레프코위츠는 우리의 친구가 트롬본 케이스만 갖고 있었다고 했지. 맞혀 볼래?"

"난 이미 맞혔어." 오브라이언이 말했다. "그 케이스엔 트롬본이 없어. 라이플이 있지."

"그래."

"그리고 트롬본이 없으니까 결혼식에 연주를 하러 간 게 아닌 게 분명하고."

"맞아."

"그리고 만약 놈이 결혼식에 라이플을 가져간다면, 이미 두 발이나 쐈고, 놈은 그걸 다시 쏠 계획일 가능성이 크지."

"맞아."

"그리고 내가 확실히 아는 오늘 결혼식은 카렐라의 동생 결혼식뿐이야."

"맞아."

"그럼 거기로 가 보자고."

"놈이 겨드랑이에 라이플 끼고 축하연 한가운데로 걸어 들어갔을까? 라이플은 분명 감출 수 있는 무기가 아니야. 그 트롬본 케이스에서 그걸 꺼낸 다음에는." 마이어가 말했다.

"그래서?"

"그래서 난 놈이 연회장으로 간 것 같진 않아. 아마 연회장 근처의 어딘가로 갔을 거야. 놈이 사진관 근처의 어떤 장소에 있었던 것처럼."

"그래서 거기가 어딘데?" 오브라이언이 물었다.

"전혀 모르겠는데." 마이어가 말했다. "하지만 얼마나 많은 사람이 길거리에서 트롬본 케이스를 갖고 다닐 것 같아?"

"확실한 건 두 분이 일하는 방식이 매력적이라는 겁니다." 풀렌이 말했다.

크리스틴 맥스웰은 카렐라가 뒷마당 포치에 앉아 있었다. 무릎 위에 놓인 그녀의 손이 불안하게 움직였다. 그녀 옆에 앉은 테디 카렐라는 임시변통으로 만든 무대 위에서 춤추는 사람들을 바라보고 있었다. 춤은 이제 아까보다 더 정신이 없었다. 저녁 식사의 마지막 코스가 나오자 본격적인 음주가 시작되었다. 이것은 크게 축하할 때인 결혼이었고, 세계 방방곡곡에서 온 친지들은 저 무대에서 즐겁게 떠들며 노는 중이었다. 축제는 연회에 참석한 많은 아내를 경악하게 했지만 이것이 1년에 한 번이라는 사실이 그 경악을 누그러뜨렸고, 아주 먼 친척들에게 도둑맞은 성급한 키스는 다음 날이면 거의 기억하지 못할 것이었다. 다음 날–징과 망치가 두개골 안에서 반향을 일으키기 시작할 때– 유일하게 기억될 것은 전날 밤 지나치게 많은 술을 마셨다는 사실일 터였다.

탄산음료 과음이 문제가 될 수도 있다는 사실을 빼면 연회장의 아이들에게는 전혀 문제가 없었다. 이것이 도시공원에서의 야유회보다 더 나았다! 이것이 서커스장에서의 하루보다 더 나았다! 이것이 캡틴 비디오1951년 미국에서 방영된 SF 영화의 주인공의 실제 사인을 얻는 것보다 더 나았다. 이곳은 정신없이 뛰어다니고 미끄러지고 자빠지기에 완벽한, 매끌매끌하게 왁스 칠된 댄스 플로어이기에. 여기에는 요리조리 피해서 누비고 다닐 어른들의 다리가 있었고, 여기에는–좀 더 조숙한 열한 살짜리 아이들의 경우–코르셋으로 조인 등을 뒤에서 꼬집거나 짓밟을 수 있는 웅장한 잔디가 있었다. 오, 이것은 분명 천국이었다.

크리스틴 맥스웰은 천국의 환상 따윈 갖고 있지 않았다. 테디 옆에 앉아서 스티브 카렐라가 자신에게 질문을 시작할 순간을 두려워했다. 그는 내가 그 노인의 죽음과 어떤 관련이 있다고 생각하지 않아. 생각할까? 아니야, 그럴 리 없어. 그건 그렇고 왜 내게 질문하고 싶어 할까? 그 생각이 그녀를 두렵게 했다.

하지만 그것보다 예상치 않은 질투심을 드러낸 코튼 호스가 더 두려웠다. 그녀는 자신의 명백한 매력의 진가를 호스에게 알릴 시도로 존시와의 관계를 일부러 진전시켰다. 자신의 작은 게임이 너무 잘 진행되었을 뿐이었다. 호스는 짜증을 넘어 분노했다. 그리고 그녀는 그를 사랑했다. 그녀는 1백 명의 존시와 그를 바꾸지 않을 것이었다. 혹은 1천 명이라도.

"오, 테디." 그녀가 말했다. "난 어쩌죠?"

테디의 얼굴이 즉시 기민해졌다. 말하는 사람에게 완벽한 주의를 기울인다는 그녀가 준 인상은 단순히 착각이었는지 몰랐다. 그녀가 무언가를 '들으려고' 했다면, 어쨌든 그녀는 사람의 입술을 어쩔 수 없이 보아야 했다. 하지만 그 기계적인 행동은 테디가 들었을 때 표현한 완벽한 공감을 설명하지 못했다. 화자에게 테디는 완벽한 사운딩 보드sounding board 반응 테스트의 대상이 되는 사람였다. 그녀의 눈, 그녀의 입, 그녀의 얼굴 전체가 완벽히 이해했다는 표정을 떠맡았다. 그녀는 이제 머리를 살짝 기울였고, 눈썹이 살짝 움직였으며, 갈색 눈은 크리스틴의 입에 초점을 맞추고 있었다.

"내가 모든 걸 망쳤어요." 크리스틴이 그렇게 말했고, 테디는 몸을 더 가까이 기울이고 입술을 지켜보며 자신이 듣고 있다는 것을 크리스틴에게 알리려고 살짝 끄덕이고 있었다.

"코튼을 안 지 오래되진 않았어요." 크리스틴이 말했다. "오, 아마 일 년. 하지만 그건 관계가 지속될 만큼 아주 긴 시간은 아니에요. 전에 경고 쪽지로 쓰인 어떤 종이를 추적차 그가 내 서점에 왔어요. 난 아이솔라에서 서점을 해요." 그녀가 사이를 두었다. "그가 내게 데이트를 신청했고, 난 수락했죠. 난 그를 계속 만나 왔어요."

그녀가 다시 사이를 두었다. "아시겠지만 난 과부예요. 어떤 여자들이 그러는 것처럼 프로 처녀Professional Virgins 남모르게 성생활을 하면서 공공연하게 순결을 강조하는 여자나 프로 엄마Professional Mother 출산에 따르는 복지 혜택을 위해 아이를 낳는 여자 같은 프로 과부Professional Widow 돈을 위해, 그리고 유언장에 들기 위해 임종 시의 남자들과 결혼하는 섹시한 여자가 아니라요. 남편은 이차 대전 때 파일럿이었어요. 그이는 오키나와에서 추락했죠. 그걸 극복하는 데 오랜 시간이 걸렸지만 죽은 사람은 죽은 사람이고 산 사람은 살아야 하죠. 따라서 난 프로 과부는 아니에요, 테디. 상복을 입고 재를 뒤집어쓰진예레미야서 6장 26절 슬퍼하며 통곡한다는 뜻 않았죠. 하지만…… 다시 사랑에 빠지긴 힘들었어요. 그레그에 부응하는 남자를 찾기 어려웠죠. 그러다 코튼이 나타난 거예요……."

테디가 끄덕였다.

"그리고 난 다시 사랑에 빠졌어요." 그녀가 말을 끊었다. "그가 날 사랑한다고는 생각하지 않아요. 사실 난 그럴 거라고 거의 확신해요. 난 정말 코튼이 여자와 진짜 관계를 맺게 될 준비가 됐다고 생각하진 않아요. 하지만 난 그를 사랑해요. 그리고 그 옆에 있는 것만으로, 그가 날 원하는 것만으로 충분해요. 지금은 그거면 돼요." 그녀가 다시 말을 끊었다. "난 오늘 바보 같은 짓을 했어요. 그를 질투 나게 하려고 했고, 그를 잃을 것 같아요. 코튼은 내가 밀어붙일 수 있는 사람이 아니에요. 테디, 테디, 어떻게 해야죠? 대체 내가 어떻게 해야죠?"

그녀는 눈물이 핑 돌자 무릎 위에 놓인 파우치를 더듬었다. 그것을 열고 자신의 파우치의 익숙한 느낌을 기대하며 그 안에 손을 넣은 그녀는 딱딱한 무언가가 손에 닿자 깜짝 놀랐다.

스미드 앤드 웨슨 357 매그넘이 그녀를 마주 보고 있었다.

"그들이 오고 있어요, 스티브." 클링이 전화를 끊으며 말했다. "그들에게 상황을 설명했어요. 옆 거리로 오는 중이에요."

"좋아." 카렐라가 말했다. 그는 샘 존스에게 몸을 돌렸다. "자, 우린 진지한 얘기를 해 볼까, 존시?"

존시가 끄덕였다. 그의 얼굴은 여전히 창백했다. 무릎 위에 놓인 손이 여전히 떨리고 있었다.

"일단, 존시, 오늘 오후에 네가 주장한 산책을 하기 위해 토미의 집을 나섰을 때 어디로 갔는지 말해 주겠나?"

"'주장한'이라고요?"

"그래. 주장한. 어디 갔지?"

"왜요?"

"왜냐하면 누군가가 캐딜락의 스티어링 튜브에 연결된 로드를 톱질해 놔서 차 안에 있던 모두가 죽을 뻔한 빌어먹을 사고가 났기 때문이지. 그게 이유야, 존시."

"제 생각엔 그 사고가……,"

"뭐라고 생각했나?"

"그냥 사고였다고 생각했어요."

"아니었어. 그리고 넌 편리하게도 그때 차 밖에 있었고. 담배를 산다며, 기억나? 토미가 자기 걸 준다고 했는데도 말이야."

"잘못 생각하신……,"

"내가 알고 싶은 건 네가 어디로 산책을 나갔느냐는 것뿐이야."

"정말 기억 안 나요. 전 아주 긴장해 있었어요. 그냥 걸었어요."

"어디로?"

"집 밖으로 나와서 걸었어요. 일 킬로쯤 걸었을 거예요. 그리고 돌아온 거예요."

"산책 중에 누굴 만났나?"

"아니요."

"어디에선가 멈췄지?"

"아니요."

"그렇다면 타이로드가 톱질됐을 시간에 네 소재에 대해 우리가 아는 건 네 말뿐이로군."

"그렇게 말하신다면…… 전……,"

"어떻게 말할 텐가, 존시?"

"제가 왜…… 제가 왜 그런 미친 짓을 하고 싶겠어요?"

지극히 감정 없는 목소리로 카렐라가 말했다. "토미는 자신이 가진 걸 전부 너에게 준다는 유언장을 남겼어."

"그거요? 맙소사, 대체 걔가 가진 게 뭔데요?"

"그가 가진 게 뭐지, 존시?"

"제가 어떻게 알아요? 걘 부자가 아니에요, 확실히. 걔가 죽으면 군인 보험에 든 돈이 좀 있을지 몰라요. 그리고 1958년형 뷰익이 있고, 아마 작은 저축 계좌가 있겠죠. 하지만 제가 아는 건 그게 다라고요."

"그에 관해서 꽤 많이 아는 것처럼 보이는데."

"뭐, 전 걔의 제일 친한 친구니까요. 왜 제가 알면 안 되죠? 게다가 그건 숨길 만한 게 아니에요. 맙소사, 제가 몇천 달러 때문에 토미를, 토미를! 내 제일 친한 친구를! 죽인다고요?"

"그보다 더 적은 돈으로도 그러지. 친구를. 남편과 아내를. 어머니와 아들을. 돈을 좋아하는 어떤 사람들은, 존시."

"네, 하지만…… 잘못 생각하시는 거예요. 하지만 전 절대 그런 짓 못 해요."

"토미의 유언장이 있잖아."

"걘 이제 결혼했어요. 신혼여행에서 돌아오자마자 바꿀 거고요."

"지금 그게 그를 죽일 빌어먹게 좋은 이유일 수도 있지." 클링이 말했다.

"이봐요, 당신들은 미쳤어요." 존시가 말했다. "난 아니에요. 난 그냥 그런 짓 안 해요. 내가 번바움 아저씨를 죽였다고 생각하는 거예요? 내가 어렸을 때부터 알던 좋은 아저씨를? 내가 그런 짓을 할 수 있을 것 같아요?"

"누군가가 그런 짓을 했어." 카렐라가 말했다.

"하지만 전 아니에요. 왜 제가 그러고 싶겠어요?" 그는 말을 끊고 형사들을 살폈다. "제발, 제가 그 유언장의 유일하게 남은 증인을 죽이겠어요? 그게 말이 되냐고요?"

"일리가 있는데요, 스티브." 클링이 말했다.

"저기요, 정말이에요." 존시가 말했다. "전 번바움 아저씨 살해와 아무 관련이 없다……,"

미친 듯이 문을 두드리는 소리가 났다. 크리스틴 맥스웰은 문을 열어 줄 사람을 기다리지 않았다. 그녀는 문을 열어젖힌 다음 방 안으로 뛰어들어 와 매그넘을 흔들어 댔다.

"이걸 내 파우치에서 찾았어요." 그녀가 말했다. "아니, 내 파우치는 아니고요. 어떤 여자가 우연히 내 걸 가져갔어요. 여자 방에서요. 그 여자가 이걸 놓고 갔어요. 난 그게……"

"진정해요." 카렐라가 말했다.

"……내 파우친 줄 알고 손수건을 꺼내려고 열었는데, 안에 이게 있는 거예요." 그녀가 그 총을 다시 흔들었다.

"그 빌어먹을 걸 흔들지 마요. 장전이 돼 있을지도 몰라요!" 카렐라가 그렇게 외치고 그녀에게서 그 총을 가져갔다. 이내 그가 끄덕였다. "이거야, 버트." 그는 총구에 코를 대고 킁킁거렸다. "번바움 아저씨를 죽인 총을 더 이상은 찾지 않아도 될 것 같은데." 그가 크리스틴에게 돌아섰다. "이게 당신 지갑에 있었다고요?"

"아니요. 그게 내 파우친 줄 알았을 뿐이에요. 어떤 금발 여자가 나랑 여자 방에 있었어요. 그녀가 실수로 내 파우치를 가져갔을 거예요. 이걸 놔두고요."

"금발?" 클링이 말했다.

"네."

"어떻게 생겼습니까?"

"빨간 실크 드레스를 입은," 크리스틴이 말했다. "아주 키가 큰 여자예요."

"앗!" 클링이 말했다. "난 저녁 식사 전에 그 여자와 춤을 추고 있었어요."

"그 여잘 찾자고." 카렐라가 그렇게 말하고 문을 향해 발걸음을 옮기기 시작했다.

"그 여잔 아마 백만 킬로는……," 클링이 그렇게 입을 뗀 순간 토미 조르다노가 숨을 헐떡이며 침실로 들어왔다.

"스티브!" 그가 말했다. "스티브, 전…… 전 걱정이 돼서 미칠 것 같아요."

"무슨 일이지?"

"앤절라! 그녀를 어디서도 찾을 수 없어요. 그녀가 사라졌어요!"

11

강한 시가 냄새가 났다.

저 멀리에 긴 빛의 축이 있었고, 날카로운 빛줄기에 싸인 실루엣이 있었다.

고통, 욱신거리고 진동하는 극심한 고통이 있었고, 수천 명이 날카로운 목소리로 노래를 불렀다.

걸쭉한 액상의 온기가 흐르고 흘렀다.

코튼 호스는 의식불명과 싸웠다.

그는 자신의 몸이 진동하고 있는 것처럼 느꼈다. 그는 몸 마디마디가 욱지기가 이는 암흑의 거친 원에서 흔들리는 것처럼 느껴졌다. 몸 안의 감각이 그가 바닥에 누워 있다고 말했고, 그는 발과 다리가 걷잡을 수 없이 당겨지기라도 하는 것처럼, 암흑 속에서 어딘가에 이르려고 양손을 꽉 움켜쥐고 있는 기분이었다. 옆얼굴에서 이는 고통을 참을 수 없었다. 그것은 마침내 무의식을 밀어내고 지속적인 불로 옭아매며 마음 그리고 몸에 지각을 강요하는 고통이었다. 그는 눈을 깜빡였다.

시가 냄새가 압도하고 있었다. 수천 군데의 술집에서 나는 듯한 냄새가 새로이 경계하는 그의 비강을 채웠다. 빛의 축이 침투 중이었고, 방 저 끝의 열린 창문을 통해 끊임없이 이어지는 햇빛이 무자비하게 그를 찌르고 있었다. 한 남자가 호스를 등지고 창가에 서 있었다.

호스는 일어나려고 애썼고, 갑작스럽게 돌아온 욕지기가 그의 머리를 헤엄치다가 소용돌이치는 돌처럼 위胃 바닥으로 떨어졌다. 그는 감히 움직이지 못한 채 계속 누워 있었고, 이제 옆얼굴에 피가 흐르고 있다는 것을 알았다. 이제 갑작스러운 일격에 자신이 의식을 잃고 바닥에 쓰러졌다는 것을 기억했다. 욕지기가 사라졌다. 그는 꾸준히 나는 피가 턱을 지나 목으로 흐르는 것을 느낄 수 있었다. 살 위에 흐르는 피를 셔츠의 흰 칼라가 즉각 빨아들이는 것을 거의 느낄 수 있었다. 자신이 후각과 시각과 촉각, 모든 민감한 감각을 느끼며 태어나고 있는 듯한 기분을 느꼈다. 갓난아기. 그리고 그는 나약하기도 했다. 그는 바닥에 얼굴을 부딪히지 않고 설 수 없음을 알았다.

그는 왼쪽으로 머리를 살짝 돌렸다. 창가에 있는 남자를 분명하게 볼 수 있었다. 그가 창가에서 몸을 숙였을 때 그의 몸의 각 부분이 권력의 초상이라는 날카롭게 정의된 형태로 결합되는 중이었다. 늦은 오후의 햇살은 희끄무레하게 이글거리는 빛 속에 그 실루엣을 감싸고 있었다.

남자의 머리는 검은색이었고, 뜨개 모자를 눌러 쓰고 있었다. 옆얼굴에 보이는 이마가 어마어마하게 넓었고, 갈고리 같은 코가 잔뜩 찌푸린 숱 많은 눈썹 사이에서 돌출해 있었다. 남자의 팽팽한 피부에 고통스러운 각인을 새긴 것처럼 오른쪽 눈 가까이에 있는 작은 흉터가 눈에 띄었다. 말 엉덩이처럼 갈라진 턱 위에 깊이 벤 것처럼, 남자의 입은 거의 입술이 보이지 않게 다물려 있었다. 목은 굵었고, 어깨는 그가 입은 푸른 티셔츠 아래에서 불룩하게 튀어나와 있었으며, 두꺼운 팔뚝의 거대한 이두박근은 쇠 수세미 같은 검은 털에 덮여 있었다. 거대한 한 손은 총열을 거머쥐고 있었다. 호스는 라이플에 조준경이 장착되어 있는 것을 알아챘다. 남자의 오른발 가까이에 탄창 상자가 입을 벌리고 있었다.

내 이런 상태론 아무와도 싸울 수 없어. 호스는 생각했다. 어떤 상태로도 저놈과 싸울 수 있는 사람은 없을 거야. 그는 전화번호부를 열여섯 번은 찢을 사람처럼 보였다. 그는 부푼 가슴 위로 자동차들을 다니게 할 사람처럼 보였다. 놈은 내가 본 개새끼 중 가장 비열한 놈처럼 보이고, 난 놈과 그렇게까지 싸우고 싶진 않아. 지금은. 어쩌면 영원히.

하지만 놈이 들고 있는 라이플에는 조준경이 달려 있고, 놈은 그것으로 이를 쑤실 계획이 아닐 게 빌어먹게 분명했다.

내가 아직 총을 가지고 있나? 아니면 놈이 가져갔나?

호스는 코밑을 내려다보았다. 셔츠의 흰 깃이 피로 물들어 있는 것을 볼 수 있었다. 그는 벌어진 재킷 안쪽 가슴에 멘 어깨 총집을 볼 수 있었다.

총집은 비어 있었다.

여기 누워 있는 것밖에 할 게 아무것도 없군. 그는 생각했다. 그리고 힘이 돌아오길 기다리는 거야.

그리고 그러는 동안 놈이 마당을 가로질러 연회장에 있는 사람들에게 무차별 사격을 하지 않길 기도하는 수밖에.

벤 다시의 검은색 MG 컨버터블은 부모님의 선물이었다. 치과 대학에 들어가려는 그의 개인적인 의도를 모른 채 그들은 일종의 뇌물로 차체가 낮은 매끈한 그 차를 선물했다. 벤은 그 뇌물을 받아들인 다음 치과 대학에 들어갔다. 어쨌든 그가 계획한 대로였다. 모두가 행복했다.

차는 직선 주행으로 꽤 빠른 속도를 낼 수 있었고, 벤은 제조사의 주장이 유효하다는 것을 증명하기 위해 그 순간 최선을 다하고 있었다. 그는 액셀을 끝까지 밟고 시속 140킬로미터의 저공비행으로 셈플라 파크웨이를 나아갔다.

그 옆에 앤절라 조르다노, 결혼 전 앤절라 카렐라는 긴 갈색 머리를 어깨 너머로 흩날리며 크게 뜬 눈으로 도로를 바라보면서 자신의 결혼식 날 자신이 죽으리라고 확신했다.

"벤, 천천히 갈 수 없어?" 그녀가 애원했다.

"난 빨리 달리는 게 좋아." 그가 대꾸했다. "앤절라, 넌 내 말을 들어야 해."

"듣고 있지만 벤, 난 무서워. 만약 다른 차라도……."

"내 걱정 마!" 그가 쏘아붙였다. "난 리버헤드 최고의 드라이버니까. 이보다 안전한 차는 없을 거야."

"알았어, 벤." 그녀는 그렇게 말하고 양손을 무릎 사이에 끼운 다음 침을 삼키고 계속 길을 주시했다.

"그러니까 넌 걔랑 결혼했단 말이지." 벤이 말했다.

"응."

"왜?"

"오, 벤, 정말, 우린 댄스 플로어에서부터 이 얘길 계속했어. 이럴 줄 알았다면 너와 같이 오지 않았을 거야."

"왜 나랑 왔지?" 그가 잽싸게 물었다.

"네가 마지막으로 나랑 드라이브하고 싶다고 말했으니까. 한 블록 돌자고 했잖아. 그래, 난 널 믿어. 하지만 우린 한 블록을 도는 게 아니라 옆 주로 통하는 파크웨이에 있는 데다 넌 너무 빨리 달리고 있어. 벤 제발 천천히 갈래?"

"싫어." 그가 말했다. "왜 걔랑 결혼했지?"

"걔를 사랑하니까. 대답이 됐어?"

"못 믿겠어."

"믿어. 제발 믿으라고."

“못 믿어. 어떻게 걔랑 사랑에 빠질 수 있지? 한낱 은행원이랑! 제발, 앤절라, 걔는 은행원이라고!”

“난 걔를 사랑해.”

“걔가 너한테 뭘 줄 수 있지? 걔가 너에게 주려는 게 뭐냐고?”

“걔가 나한테 뭐든 줘야 하는 건 아니야.” 앤절라가 말했다. “난 걔를 사랑해.”

“내가 걔보다 잘생겼어.”

“그럴지도 모르지.”

“난 치과 의사가 될 거야.”

“응.”

“왜 걔랑 결혼한 거야?”

“벤, 제발, 제발 천천히 달려. 난……,” 그녀의 눈이 커졌다. “벤! 조심해!”

반대편 차선의 뷰익이 느리게 가는 앞차를 지나쳐 갑자기 파크웨이의 벤 쪽으로 돌진해 왔다. 앞차 때문에 속도를 줄일 수 없는 그 차는 증기 기관차처럼 다가오더니 자신의 차선의 안전 범위에 닿으려고 결정한 듯 새롭게 급가속해 앞차를 지나쳤다. 벤은 불가항력적 상황을 알아챘다. 그는 오른쪽으로 급하게 핸들을 꺾었고, 도로 옆 잔디로 향했다. 작은 MG가 30센티미터 차이로 더 큰 차의 펜더를 비껴갔을 때 뷰익은 우렁찬 제트기의 소리를 내며 스쳐 지나갔고, MG는 급하게 경사진 잔디 위로 올라갔다가 벤이 다시 핸들을 잡아챘을 때 왼쪽으로 작은 급커브를 했다. 순간 앤절라는 차가 전

복하리라 생각했다. 다시 콘크리트 면과 닿은 타이어는 끽 소리를 내며 미끄러지더니 도로 바닥 한가운데에 표시된 화살표를 정면으로 마주 보았다. 벤은 액셀을 거칠게 밟았다. 속도계 바늘이 150으로 치솟았다.

앤절라는 입이 떼어지지 않았다. 그녀는 숨을 헐떡이며 그 옆에 앉아 있었다. 그리고 마침내 눈을 감았다. 보지 않을 생각이었다. 볼 수 없을 터였다.

"아직도 너무 늦진 않았어." 벤이 말했다.

스포츠카의 개방된 운전석으로 세차게 밀려드는 바람에 그의 목소리가 그녀의 귀에서 윙윙거렸다. 그녀의 눈은 감겨 있었고, 어떤 의미를 담은, 낮고 단조롭게 웅얼거리는 그의 목소리가 이상하게 들렸다.

"아직도 너무 늦진 않았어. 넌 여전히 거기서 벗어날 수 있어. 넌 그걸 취소할 수 있어. 걘 너한테 아니야, 앤절라. 어쨌든 넌 그걸 알게 될 거야. 걔와 끝내, 앤절라. 앤절라, 난 널 사랑해. 넌 그걸 취소할 수 있어."

그녀는 머리를 저으며 눈을 단단히 감았다.

"신혼여행 가지 마, 앤절라. 걔와는. 실수했다고 걔한테 말해. 너무 늦진 않았어. 넌 옳은 일을 하는 거야. 그러지 않으면……,"

그녀는 다시 머리를 저었다. 그녀가 힘없이 중얼거렸다. "벤, 날 데려다줘."

"난 널 기다릴 거야, 앤절라. 걔와 끝내. 걘 너한테 좋을 거 없어.

그렇게 해, 앤절라. 걔한테 말해, 걔한테 말하라고."

"벤, 날 데려다줘." 그녀가 중얼거렸다. "제발 날 데려다줘. 제발. 제발. 제발제발제발제발제발……."

"걔한테 말할 거야? 그걸 취소하고 싶다고 말할 거야?"

"벤, 제발 제발……."

"그럴 거야?"

"그래." 그녀가 말했다. "걔한테 말할게." 그녀는 자신의 거짓말에 신경 쓰지 않았다. 그녀는 이 악몽의 드라이브가 끝나기만을, 옆에 있는 남자에게서 벗어나기만을 바랐다. "그래." 그녀는 다시 거짓말을 했고, 그 거짓말에 강조와 확신을 더했다. "그래, 날 데려다주면 내가 걔한테 말할게. 날 데려다줘, 벤."

"널 못 믿겠어. 넌 정말 걔한테 말하지 않을 거야."

"한대도!"

"날 사랑해?"

그녀는 대답할 수 없었다.

"날 사랑해?"

"아니." 그녀는 그렇게 말하고 비통하게 흐느끼기 시작했다. "난 토미를 사랑해, 난 토미를 사랑한다고! 왜 나한테 이러는 거야, 벤? 왜 날 이렇게 괴롭히는 거냐고? 네가 날 조금이라도 신경 쓴다면 날 데려다줘! 제발 데려다 달라고!"

"좋아." 그가 갑자기 툭 내뱉었다. 그는 속도를 줄이더니 끼익 소리가 나게 유턴했다. 그의 발이 다시 한번 액셀을 밟았다. 앤절라는 속도계를 보지 않았다.

토미는 MG가 카렐라가 앞에서 섰을 때 연석에서 기다리고 있었다. 앤절라가 차에서 뛰어내려 그의 품으로 쇄도했고, 그는 잠시 그녀를 안고 있다가 말했다. "대체 무슨 생각이야, 벤?"

"그냥 결혼식 장난이었어." 벤이 힘없이 웃으며 말했다. "신부 납치하기, 몰라? 그냥 장난."

"빌어먹을 유머 감각인데. 내가 때려눕히지 않는 걸 다행으로 알아. 네 차가 없어졌다는 걸 알기까지 넌 우리 모두를 미치게 했어. 빌어먹을 벤. 난 이게 눈곱만큼도 재밌다고 생각하지 않아. 전혀 재밌지 않아. 빌어먹을, 널 때려눕혀야 할 것 같다고!"

"왜 이래, 네 유머 감각은 어디 간 거야?" 벤이 그렇게 말하며 다시 힘없이 웃었다.

"오, 지옥에나 가, 이 개자식아." 토미가 대꾸했다. 그는 앤절라에게 팔을 둘렀다. "이리 와, 자기, 안으로 들어가자."

"내가 집에 가길 바라?" 벤이 소심하게 물었다.

"가든 말든 네 맘대로 해. 앤절라에게서만 떨어져 있어."

"난 그냥 장난이었다고." 벤이 말했다.

이웃집 사람 번바움의 시체를 둘러싸고 있는 남자들은 전혀 재미있지 않았다. 살인에는 전혀 재미있지 않은 무언가가 있었다. 그게 언제, 어디서 일어났든 그것은 여전히 웃기지 않았다. 조금 이른 아침에 사람을 끌어내는 살인자가 최악이라고 주장하는 사람들이 있었다. 초저녁 살인자를 경멸하는 사람들도 있었다. 하지만 각각의 살인은 그것이 일어났을 때 최악으로 보였고, 생명이 빠져나간 번바움의 형체를 내려다보며 서 있는 남자들은 모두 살인이 일어나기에 최악의 시간이 늦은 오후라는 데–소리 내어 말하지 않았더라도– 동의했다.

112분서에서는 살인이 자신들의 관할에서 발생했기 때문에, 이제부터 공식적으로 자신들의 사건이기 때문에 형사 한 명을 보냈다. 북부 지구 살인반은 현장에 진짜 형사 네 명이 있다는 정보를 듣고 아무도 보내지 않기로 결정했다. 하지만 경찰 사진사는 정력적인 메뚜기 같은 조디 루이스 같지 않게 꼼꼼하게 시체 사진을 찍었다. 부검시관은 공식적으로 번바움의 사망을 선고했고, 들것을 들 사람들에게 번바움네 집 앞 연석에 대기 중인 영구차로 그를 나르라고 지시했다. 감식반에서 나온 친구들도 얼굴을 내밀었는데, 그들은 이제 석고를 뜰 발자국들을 찾는 중이었다. 대체로 모두가 갑작스러운 폭력적 죽음과 관련한 통계를 내는 데 꽤 바빴다. 불행하게도 그 수사관 중 누구도 전화를 할 필요성을 느끼지 못했다. 그럴 필요가 있었다면 그곳에 있는 남자 중 한두 명은 그들이 일하고 있는 곳 뒤편 덤불숲의 차단선에서 12미터 떨어진 곳에 있는 번바움의 집을 향했을지도 몰랐다.

번바움네 집 다락방에서 코튼 호스는 자신의 힘이 돌아오고 있는 것을 느꼈다. 그는 10분간 조용히 누워 다락방 한쪽 구석에서 다른

쪽 구석으로 잽싸게 눈을 굴리다가 창가 바닥에 쪼그리고 앉아 참을성 있게 기다리는 덩치에게로 눈을 돌렸다. 다락방은 버려진 생활용품으로 가득했다. 오래된 잡지 묶음들, 흰색으로 '캠프 아이들미어'라고 쓰인 녹색 트렁크, 재봉사용 마네킹, 날 없는 제초기, 해머, 군용 더플백, 박살 난 라디오, '사진'이라는 라벨이 붙은 앨범 세 권 그리고 가족의 바쁜 삶을 분명 잡다하게 채웠던 수많은 물건.

호스의 흥미를 끈 유일한 물건은 해머였다.

그것은 그가 누워 있는 곳에서 1미터가 좀 넘게 떨어진 트렁크 위에 놓여 있었다.

그가 소리 내거나 눈에 띄지 않고 그 해머를 취할 수 있다면 그는 즉시 저격자의 두개골에 그것을 사용할 것이었다. 저격자가 먼저 돌아서서 그를 쏘지 않는다면. 가까운 거리에서 라이플의 총알을 맞는 것은 그리 기쁘지는 않을 터였다.

그럼, 언제? 호스는 자문했다.

지금은 아니야. 난 아직 힘이 충분하지 않아.

넌 힘이 더 돌아오진 않을 거야. 호스는 생각했다. **넌 저 창가에 쭈그리고 앉은 덩치 큰 개자식이 두려운 거야?**

응.

뭐?

그래, 난 놈이 두려워. 놈은 라이플을 쓰지 않고도 날 반으로 쪼갤 수 있어. 게다가 놈은 그걸 쓸 거야. 그래서 난 놈이 두려우니까 뭐라고 해도 좋아.

가자고, 겁쟁이야. 호스는 생각했다. 해머를 가지러 가. 지금이 적기야. 머릿속 남자가 말했다.

네안데르탈인을 대적해야 하는 사람은 그 남자가 아니었다.

이봐, 우리가……?

좋아, 좋아, 가자고.

그는 조용히 옆으로 몸을 움직였다. 저격자는 돌아보지 않았다. 그는 다시 몸을 기울였다. 이번에는 완벽히 한 바퀴를 굴러 트렁크에서 30센티미터 떨어진 곳까지 갔다. 침을 삼키며 그는 해머를 향해 팔을 뻗었다. 소리를 내지 않고 그것을 트렁크에서 가져와 오른손에 단단히 쥐었다.

그는 다시 침을 삼키고 몸을 일으켰다.

좋아. 그는 생각했다. 이제 우린 해머를 치켜들고 놈에게 달려드는 거야. 놈이 자신을 친 게 뭔지 알기도 전에 놈의 두개골을 작살내는 거야.

준비됐나?

그는 웅크린 자세를 취했다.

됐어?

그는 몸을 일으켜 해머를 높이 치켜들었다.

가!

그는 한 발 앞으로 나아갔다.

그 뒤에서 문이 벌컥 열렸다.

"꼼짝 마, 형씨!" 목소리가 말했고, 그는 몸을 돌려 빨간 실크 드레스를 입은 키 큰 금발을 마주했다. 그가 그녀에게 달려들었을 때, 그녀는 자신의 파우치 안으로 손을 뻗는 중이었다.

12

코튼 호스가 이 여자 같은 비율의 금발들과 레슬링을 즐기지 않는다고는 말할 수 없었다. 여기에 진짜 금발이 있었다. 여기에 다루기 힘든, 한 덩치 하는 미인이 있었다. 여기에 누군가가 '덩치 큰 금발'이라는 마술적 단어를 웅얼거릴 때마다 자동으로 마음속에 떠오르는 이미지가 있었다.

이 여자가 유니언 시티뉴저지주 동북부에 위치한 도시의 패션쇼 무대에 서 있다면 이 여자는 사람들의 심장마비의 원인이 되리라. 세 번째 줄의 대머리들은 창백해진 채 떨 터였다.

적절한 브로드웨이 무대에서라면 이 여자는 극장을 열광케 하고, 관객들을 충격에 빠뜨리며, 평론가들을 타이프라이터 앞에 앉혀 열정적인 기사를 두드리게 할 터였다.

침실에서-호스의 상상은 그 생각에 마음이 어지러웠다.

하지만 불행히도, 이 여자는 패션쇼 무대나 브로드웨이 무대나 침실에 있지 않았다. 이 여자는 특급 침대 열차 내 2층 침대 위 칸보다 더 크지 않은 방의 문가에 서 있었다. 이 여자는 애초에 분명 다른 누구도 아닌 호스를 습격할 계획은 없었다. 그녀는 물을 찾아 땅을 파는 사막 쥐의 투지로 파우치에 손을 넣었다가 그 손을 멈추었고, 사랑스러운 이목구비에 놀란 표정을 떠올렸다. 수정같이 맑은 숙녀다운 목소리로 그녀가 외쳤다. "내 염병할 총은 어딨는 거야?" 그리고 호스는 그녀에게 뛰어들었다.

그와 동시에 저격자가 창가에서 몸을 돌렸다.

여자는 그야말로 순수한 인간이었다. 그녀는 그야말로 이와 손톱 그 자체였다. 그가 제압하려고 할 때, 그녀가 호스의 손을 꽉 물더니 손톱이 거칠게 달려들어 그의 얼굴의 성한 쪽을 할퀴었다. 저격자가 몸을 돌려 가까이 다가서며 외쳤다. "놈한테서 떨어져, 우나! 네가 붙어 있으면 내가 아무것도 할 수……."

호스는 여자를 때리고 싶지 않았다. 그는 특히 해머로 그녀를 때리고 싶지 않았다. 하지만 해머는 그가 가진 유일한 무기였고, 만약 이 여자가 자신에게서 벗어난다면 네안데르탈인이 라이플의 개머리로 자신을 쳐 바닥에 나뒹굴게 하거나, 더 나쁘게는 가슴에 총알 몇 발을 박아 넣으리라는 정확한 판단이 앞섰다. 두 전망 모두 특별히 재미있어 보이지 않았다. 금발이야말로 조금도 재미있지 않았다. 그의 팔 안에서 버둥거리며 그녀는 거의 그의 오른쪽 눈을 실명

시킬 만한 훅을 날렸다. 그는 그 고통에 움찔했고, 그녀에게 해머를 휘둘렀지만 그녀는 그 일격을 수그려 피한 다음, 아마도 중학교에서 배웠음 직한 오래된 수법으로 그의 사타구니에 무릎을 쳐올리는 시도를 했고, 배운 대로 능숙하게 해냈다. 호스는 전에 발길질을 당해 본 적이 있었다. 그는 전에 사타구니를 차인 적도 있었다. 그가 알게 된 자신의 반응은 항상 같았다. 그는 항상 고통 속에서 몸을 구부렸다. 하지만 이번에는 그 금발이 보험이었기에 몸을 구부리면서도 그 금발을 놓지 않았다. 그녀의 귀엽고 섹시한 몸이 자신에게 가까이 있는 한 저격자는 속수무책이었다. 그는 금발을 꽉 붙든 다음 그녀의 드레스 앞자락을 아래로 잡아채 흰 브래지어와 왼쪽 가슴 4분의 3이 드러나도록 길게 찢었다.

그 옷감은 계속 찢어졌고, 장난기 많은 새끼 고양이의 발톱에 풀리는 털실 뭉치처럼 종국에는 금발만 남았다. 그는 그녀의 어깨를 잡고 다시 해머를 휘둘렀다. 그녀의 움직임이 느려질 때 다시 그녀를 잡아챘다. 이번에는 맨살을 잡은 그의 손가락이 그녀를 자신 쪽으로 단단히 이끌었다. 금발의 드레스는 이제 허리까지 찢어졌지만 호스는 그 몸뚱이에 관심이 없었다. 호스는 해머로 그녀를 치는 데 관심이 있었다. 그는 그녀를 돌려세웠고, 그녀의 엉덩짝이 그에게 밀착했다. 단단한 근육질 엉덩짝이. 그가 그녀의 목에 한 팔을 두르자 팔꿈치가 그녀의 두 가슴 사이에 푹신하게 자리 잡았다. 그리고 그는 해머를 쥔 손을 다시 치켜들었고, 여자는 중학교에서 배운 옛 기술을 시도했다.

그녀가 갑자기 무릎을 굽히더니 피스톤 같은 힘으로 몸을 솟구쳐 정수리로 호스의 턱을 강타했다. 그의 팔이 풀렸다. 여자가 몸을 돌려 가슴이 다 드러난 데에 대한 분노로 그의 눈을 할퀴려고 달려들었다. 그는 해머를 휘둘렀다. 그것이 그녀의 오른팔에 맞았고, 그녀는 고통으로 얼굴을 일그러뜨리며 팔을 움켜쥐었다. "이 개새끼!" 그녀는 그렇게 말하고 몸을 숙이더니 비키니가 탄생한 프랑스 코트 다쥐르에서라면 훌륭했을 다리가 드러나도록 드레스를 들어 올리고 한쪽 하이힐을 벗어 그것을 곤봉처럼 쥐고 호스에게 다가갔다.

"놈한테서 비키라고!" 저격자가 외쳤지만 여자는 싸움을 포기하려 하지 않았다. 두 사람은 레슬러처럼 빙빙 돌았다. 간신히 걸친 브래지어 안에서 그녀의 가슴이 흔들렸고, 호스는 숨 가쁘게 헐떡였다. 해머를 든 한 손, 뾰족한 굽이 달린 구두를 든 다른 한 손. 그들은 빈틈을 찾았다. 여자의 입술은 이 위로 말려 올라가 있었고, 그 이가 호스를 두 동강 낼 것처럼 보였다.

그녀가 구두를 내려치듯 속이는 동작을 취하자 그가 그 일격을 막아 내기 위해 왼팔을 들어 올렸다. 그리고 그녀가 잽싸게 한쪽으로 움직였다. 그는 얼굴로 다가오는 빨간 구두의 흐릿한 형체만 보았다. 그 순간 관자놀이에 단도로 찌르는 듯한 격통이 느껴졌다. 그는 해머 손잡이에서 손가락이 풀리는 느낌을 받았다. 그는 자신이 앞으로 고꾸라지고 있다는 것을 느꼈다. 그는 추락을 막으려고 양팔을 내밀었고, 여자는 자신을 향해 쓰러지는 그를 잡았다. 그의 머리가 그녀의 어깨에 부딪혀 미끄러졌고, 그는 그녀가 사납게 밀치기 전 한순간 그녀의 가슴의 따뜻한 쿠션을 느꼈다.

그는 바닥으로 쓰러졌고, 그가 마지막으로 했던 생각은 창피하다는 것이었다. **여자 하나에. 젠장, 여자 하나에…….**

아들인지 딸인지, 아기가 발길질을 해 대고 있었다.

분명 거나하게 마신 시아버지 옆에 앉은 테디 카렐라는 장래의 후계자가 왜 이리 야단법석인지 알지 못했다. 그녀는 초저녁 건강체조를 하는 아들 혹은 딸과 다가오는 황혼을 감상하기가 어려웠다. 이따금 아기는 그녀를 거세게 걷어찼고, 그녀는 갑작스러운 일격에 놀라며 축하연에 온 모든 사람이 자신의 잠시도 가만히 있지 못하고 꿈틀대는 아기를 보고 있다고 확신했다. 아기는 발이 천 개인 것 같았다. 그럴 일 없기를! 녀석은 배꼽 위 가슴 아래를 차는가 싶더니 다시 골반부 아래를 찼고, 그녀는 녀석이 그렇게 폭넓고 다양한 발차기를 구사하는 것으로 보아 공중제비를 하고 있다고 확신했다.

다음 주면 끝날 거야. 그녀는 생각했다. 그리고 한숨을 쉬었다. 더 이상 요통은 없겠지. 더 이상 거리에서 나를 손가락질하는 아이들은 없겠지. **헤이, 부인, 풍선은 몇 시에 뜨나요?** 하. 하. 아주 재밌군요. 그녀는 댄스 플로어를 힐끗 훑어보았다. 티넥Teaneck 뉴저지주 북동부의 소도시인지 고와너스Gowanus 브루클린의 고와너스 운하 근처의 옛 산업 지역인지 어디에서인지 온 그 빨간 머리는 새로운 남자를 찾았지만 그것은 테디에게 그다지 도움이 되지 않았다. 스티브는 지난 몇 시간 동안 근처 어디에서도 눈에 띄지 않았고, 그녀는 이제 그를 그토록 오래 차지할 수 있을 게 무엇일지 궁금했다. 물론 이것은 그의 여동생 결혼이었고, 그녀는 그가 어느 정도 행사를 주최한 주인의 역할을 할 의무가 있다고 생각했다. 그런데 토미는 오늘 아침 왜 그렇게 일찍 그이에게 전화했을까? 그리고 버트와 코튼은 여기서 뭘 하고 있는 거지? 경찰 아내의 직감으로 그녀는 무슨 일이 있다는 것을 알았지만 정확히 무엇인지는 알지 못했다.

아기가 그녀를 다시 찼다.

젠장. 그녀는 생각했다. 난 네가 그걸 멈춰 주면 좋겠어.

토니 카렐라는 많은 위스키와 많은 와인과 많은 샴페인을 마셨다. 스티브가 결혼했을 때 그는 그렇게 많이 마시지 않았고, 그것은 몇 년 전이었다.

술에 취해 벌겋게 된 그는 결혼 피로연 주식회사가 마음에 들기 시작했다. 그들은 정말 멋진 녀석들이었다. 그들에게 준 돈의 값어치를 했다. 오, 마돈나madonna 마리아님, 얼마나 많은 돈이 들었습니까! 하지만 그 값을 했다. 동전 한 푼까지 다. 그들은 괜찮은 친구들이었다. 그들 모두. 그들이 크고 평평한 단을 가져와 내 잔디 한가운데에 깔아 만든 저 멋진 댄스 플로어를 보라. 산타 마리아Santa Maria 성마리아, 내 잔디에! 하지만 그들은 멋진 친구들이었다. 그들이 부지 저 끝에 불꽃놀이를 위해 세운 저 멋진 것을 보라. 그것은 멋지리라. 불꽃놀이는. 그는 결혼 피로연 주식회사를 사랑했다. 그는 아내를 사랑했다. 그는 아들과 며느리와 딸과 사위를 사랑했다. 그는 모두를 사랑했다.

그는 번바움을 사랑했다.

어쨌든 번바움은 어디 있는 거야?

왜 내 기쁜 날 와인과 샴페인을 마시며 내 옆에 앉아 있지 않는 거지? 번바움이 어디 있는지 알았다면 노인은 아마 어딘가 한쪽 구석에서 훌쩍이고 있었으리라.

내 오랜 친구. 토니는 생각했다. 훌쩍이고 있는 게야.

그를 찾아야겠어. 그를 찾아서 시가 한 대 줘야겠어.

그가 의자에서 일어나기 시작했을 때 그는 자신의 땅 저 끝에서 나는 비명을 들었다.

카렐라는 112분서에서 사진사, 부검시관 그리고 감식반원이 오는 동안 코튼 호스가 어디에 갔는지 궁금해하고 있었다. 그는 코튼에게 시체 곁에 있으라고 했었다. 뭐, 시체는 이미 떠났고, 시체와 관련 있는 거의 모든 사람 역시 떠났다. 그리고 코튼도 그랬다.

하지만 어디에?

그는 호스와 오래 일하지 않았지만 그가 일하는 중간에 사라질 만큼 어리석은 짓을 하지 않으리라고 확실히 느꼈다. 하지만 그는 조금 전 거기에서 꽤 화가 났었다. 그리고 귀여운 크리스틴은 분명 화를 자초했었다. 그녀는 코튼을 질투심에 불타오르게 하고 싶었고, 그는 그랬지만 그녀는 덤으로 시체를 발견했고, 그게 그녀가 불

장난을 하지 않았다는 것을 증명했다.

그런데 코튼이 그녀를 버리고 갔다고?

그것은 있을 수 있는 일이었다. 카렐라는 그것이 분명 있을 수 있는 일이라고 인정해야 했다. 여자와 남자의 일은 예측할 수 없었다. 그는 치마를 입은 아름답고 젊은 여자가 데이트를 거절했다는 이유로 분별 있어 보이는 젊은 남자가 호텔 창밖으로 투신한 자살 사건을 많이 다루었었다. 이런 남의 일을 생각할 때가 아니지. 플레밍턴에서 온 젊은 여자와 춤을 추어서 화가 난 테디. 맙소사, 그건 아주 오래전 일인데. 그는 그날 밤의 일을 방금 일어난 일처럼 세세하게 기억할 수 있었다. 페이, 맙소사, 그녀는 멋졌었지. 멋지고…….

헤이, 안녕.

정신 차려, 친구.

그는 아버지 곁에 앉아 있는 테디를 보았다. 그는 씩 웃고 그녀를 향해 걷는 중이었다.

그 뒤 숲에서 그는 누군가의 외침을 들었다. "도와줘! 도와줘!"

그는 몸을 돌려 덤불숲으로 부리나케 달렸다. 세 걸음을 딛기도 전에 그의 손에는 리볼버가 쥐여 있었다.

남자아이들은 모퉁이에 서서 지나가는 여자들을 보고 있었다. 그들 말로는 자신들이 거기에 오후 내내 서 있었다고 했다. 그들은 고가철도 아래 가로등 바로 밑에 서 있었다. 그냥 서 있었다. 그냥 여자들을 바라보고 있었다. 6월은 여자들을 바라보기에 좋은 때라고 남자아이들은 말했다.

“기차에서 내리는 사람들을 봤니?” 마이어가 물었다.

“네, 우린 그 여자들을 봤어요.” 남자아이들이 말했다.

“다른 사람들도 봤니?”

“네.” 아이들이 말했다. “하지만 대개 우린 그 여자들을 봤어요.”

“트롬본 케이스를 갖고 있는 남자를 봤니?”

“트롬본 케이스가 어떻게 생겼는데요?”

“알잖아.” 오브라이언이 말했다. “트롬본 케이스. 검은 가죽. 길고. 한쪽 끝이 나팔꽃처럼 생긴.”

“이런, 찰리한테 물어보시는 게 나을 거예요.”

“너희 중 누가 찰리니?”

“과자 가게의 찰리요. 헤이, 찰리! 찰리, 이리 나와 봐.”

“찰리가 음악가냐?” 마이어가 물었다.

“아뇨. 하지만 걔 여동생이 피아노 레슨을 받아요. 걘 여덟 살이에요.”

“찰리는 몇 살인데?” 마이어가 회의적으로 물었다.

“오, 걘 다 큰 애예요.” 아이들이 말했다. “열여섯이요.”

찰리가 과자점에서 나왔다. 아이는 짧은 머리에 마른 소년이었다. 카키색 바지에 흰 티셔츠를 입은 아이는 얼굴에 호기심을 띠고 가로등 밑의 아이들을 향해 느긋하게 걸어왔다.

“이예!” 아이가 말했다.

“이 아저씨들이 물어볼 게 있대.”

“이예!” 아이는 자신의 의문에 놀란 것처럼 의문과 감탄사의 이종교배 같은 말을 했다.

“트롬본 케이스가 어떻게 생겼는지 아니, 찰리?”

“이예!” 아이는 그렇게 말했고, 그것은 또다시 의문과 감탄사 모두였다.

“그걸 들고 이 계단을 내려온 사람을 봤니?”

“트롬본 케이스요?” 이번에 그것은 순수한 의문이었다.

“그래.” 마이어가 말했다.

“오늘요?”

“그래.”

“이예!” 아이가 말했다. 감탄사가 의문을 앞섰다.

“그가 어느 길로 갔니?”

“내가 어떻게 알아요?” 찰리가 말했다.

“그를 보지 않았어?”

“이예! 왜요? 트롬본 연주자가 필요하세요? 트롬본 연주자여야 해요? 내 꼬마 여동생이 피아노를 쳐요.”

“생각해 봐, 찰리. 그가 어느 길로 갔니?”

“그런 걸 기억하는 사람도 있어요? 아저씬 내가 그 아저씰 좇아갔거나 뭐, 그랬다고 생각해요?”

“그가 이 계단을 내려왔니?”

“이예!”

“오른쪽으로 돌았니, 왼쪽으로 돌았니?”

찰리는 잠시 생각했다. "둘 다 아니에요." 아이가 마침내 말했다. "그 아저씬 저 길로 쭉 걸어갔어요."

"그런 다음?"

"몰라요."

"그가 저 모퉁이에서 돌았니?"

"몰라요."

"그가 저 모퉁이를 지나친 다음 안 보였니?"

"그 아저씨가 저 모퉁이를 지나쳤는지 안 지나쳤는지 모른다고요. 누가 그 아저씰 잃어버렸어요? 난 그 아저씰 찾을 생각도 없었어요. 누가 그 아저씨한테 관심이나 있대요?"

"그가 저 모퉁이를 지나친 것 같니?"

"몰라요."

"그가 저 모퉁이를 돈 것 같니?"

"몰라요."

"그가 저 길을 건넜니?"

"**모른다고** 하잖아요." 아이가 사이를 두었다. "저기요, 다음 모퉁이에 있는 델리카트슨delicatessen 조리된 육류나 치즈 등을 파는 가게 아저씨에게 물어보지그러세요. 그 아저씨가 봤을지 몰라요."

"고맙구나." 마이어가 말했다. "그러마."

"죄송해요." 찰리가 말했다. "꼭 트럼본 연주자야 해요?"

"그런 것 같구나."

"내 꼬마 여동생이 다 낡은 피아노를 쳐서요." 마이어가 찰리를 애석한 눈으로 보았다. 찰리가 어깨를 으쓱했다. "그래서 사람들이 나팔을 부나 봐요." 아이가 단념하듯 말하고 과자점으로 돌아갔다.

마이어와 오브라이언은 그 길로 걷기 시작했다.

"어떻게 생각해?" 오브라이언이 말했다.

"그 친구일 것 같은데. 누가 알겠어? 어쩌면 델리카트슨에서 행운이 따를지도 모르지."

델리카트슨에서는 어떤 행운도 따르지 않았다.

카운터 너머 이중 초점 안경을 쓴 남자는 일요일 손님을 맞을 준비를 하며 하루 종일 바빴고, 트롬본 케이스가 어떤 것인지도 몰랐으리라. 안녕히 계십쇼.

마이어와 오브라이언은 보도로 나왔다.

"어디로 가지?"

마이어가 머리를 저었다. "이봐," 그가 말했다. "여기가 갑자기 무지하게 큰 동네로 보여."

13

벤 다시는 덤불숲에 누워 있었다.

황혼이 깃든 하늘은 보랏빛으로 물들었다. 숲속에서는 벌레들이 밤 노래를 시작하고 있었다. 도시는 하늘을 보며 한숨을 내쉬고 임박한 밤을 맞이했다. 오늘은 일요일이었고, 내일은 또다시 일하는 날이었다. 그리고 도시에서, 아이솔라의 인상적인 철과 콘크리트 구조물에서, 사람들로 바글거리는 캄스 포인트 거리에서, 리버헤드 교외에서 밤은 약간의 평화, 체념에 가까운 지친 휴식과 함께 시작되고 있었다. 하루가 평일의 차분함으로 옮겨 가는 중이었다. 달이 뜰 터였고, 별들이 하늘에 후추처럼 뿌려질 터였고, 도시가 갑자기 빛으로 타오를 터였다.

벤 다시는 평온한 황혼의 일부처럼 보였다. 덤불이 주위를 지배

한 곳에 서 있는 큰 단풍나무 밑에 누운 그는 여름잠을 자는 사람, 몽상가, 별을 보는 사람, 잇새에 밀짚 가닥을 문 고전적 청년에 지나지 않아 보였다. 양팔을 쭉 뻗고 있었다. 눈은 감겨 있었다. 그는 자신과 세상에 평화를 이루고 잠이 든 것처럼 보였다.

그의 정수리에서는 피가 흐르고 있었다.

잽싸게 그의 곁에서 허리를 굽힌 카렐라는 즉시 그 상처를 보았고, 즉각 그의 손가락이 움직여 부어오른 깊은 상처 부위를 느끼며 머리카락을 헤치고 있었다. 상처는 아주 깊거나 길지 않았고, 지나치게 피가 나지도 않았다. 그것은 정확히 다시의 두개골 가운데에 있었고, 그 주위는 호두 크기로 부어올라 있었다. 색깔이 점점 짙어지고 있군. 스티브 카렐라는 소리 나게 한숨을 쉬었다. 그는 피곤했다. 아주 많이 피곤했다. 그는 망령들을 쫓는 것이 즐겁지 않았다. 난 프로 권투 선수가 됐어야 해. 그는 생각했다. 싸움의 시작이 명확하고, 공정한 참관인에 의해 룰이 정해지며, 애초에 무대가 국한되어 있고, 상대가 명확하게 보이며, 싸워서 이길 유일한 상대, 유일한 적이 명확하게 식별되는 좋고도 지저분한 스포츠. 대체 왜 직업으로 경찰을 선택하겠는가. 그는 궁금했다.

우린 파괴를 다루지. 그는 생각했다. 그리고 그 파괴에는 언제나 비밀이 있고, 우리 일은 그것을 막는다기보다 그것이 일어난 후에 발견하는 거야. 우린 파괴자를 찾아내지만 이것이 우리를 창조자로 만들지는 않는다. 우리는 소극적인 일에 관여하고 있고, 창조는 결코 소극적인 행동이 아니기 때문이다. 배 속의 아기와 함께 저기에 앉아 있는, 별다른 노력을 기울이지 않고 자연적인 창조를 하고 있는 테디는 내가 십오 년간 성취할 것보다 더 많은 것을 성취하는 중이다. 왜 누군가는 타이로드에 톱질을 하거나 이웃인 번바움을 죽이거나 다시의 두개골을 강타하는 개자식과 연관하길 원할까? 왜 누군가는 깨어 있는 시간 대부분을 헌신하는 일을, 필연적으로 파괴자와 접촉해야 하는 일을 직업으로 선택하는 걸까?

왜 누군가는 구태여 어둡고 복잡한 범죄자 심리의 동기 과정에 관계하며 1년의 매주, 일주일의 매일을 형사실로 행진해 오는 인간 쓰레기들에게 손을 더럽히는 걸까?

왜 누군가는 거리를 정화하는 청소부가 되고 싶어 할까?

네게 몇 가지 말해 주지, 스티브. 그는 생각했다.

첫 번째로 말할 건 학교에서 철학I을 거의 낙제한 경찰에게는 철학이 어울리지 않다는 거야.

두 번째로 말할 건 자유로운 선택이란 건 인간에게는 거의 주어지지 않는다는 거야. 넌 경찰이 됐으니까 경찰이 된 거고, 정신과 의사의 소파에서 시간을 보내지 않고서는 너에게 그 이유를 말할 수 없을 거야. 그리고 그런다고 해도 넌 모를지 몰라. 그리고 넌 여전히 경찰이야–왜?

왜냐하면–남자가 아내와 가족을 먹이고 입혀야 한다는 명백한 지식을 무시한다면, 더 이상 소년이 아니었을 때 구한 일자리인 경찰서 밖 세상을 마주할 불쾌감을 무시한다면, 이 모든 걸 무시한다면–난 경찰이 되고 싶었으니까.

누군가가 거리를 정화해야 하기 때문은 아니야. 어쩌면 아무도 거리를 정화해야 하는 건 아닐지도 몰라. 어쩌면 시민은 거리가 지옥처럼 더러워지면 잽싸게 이동해야 할지도 몰라.

하지만 그 파괴자들이 날 화나게 한단 말이야. 파괴자가 번바움 같은 사람에게서 생명을 앗아 갈 때 그들이 날 미치도록 화나게 한다고! 그리고 파괴가 날 화나게 하는 한 난 계속 경찰일 테고, 동료 경찰에게서 시시한 농담을 들으며, 진부한 유머를 들으며, 비록 모두가 창조자는 아닐지라도 파괴자들은 아닌 점잖은 사람들이 불평을 해 대고 전화기들이 울려 대는, 아마 세상에서 가장 최악인 동네의 지저분한 형사실에 계속 출근할 거야.

깊어 가는 어둠 속에서 그는 힘없이 씩 웃었다.

당신은 그걸 깨닫지 못하셨을지도 모릅니다, 폴 신부님. 그는 생각했다. 하지만 신부님은 오늘 당신 교구에서 가장 종교적인 사람을 가졌다고요.

그는 쓰러져 있는 벤 다시를 놔둔 채 물과 젖은 수건을 찾아 집으로 향했다.

결혼 농담이 시작되고 있었다.

돌치dolci 사탕, 과자 등 단것가 수북한 쟁반들과 거대한 결혼 케이크 그리고 저 끝에 신부와 신랑이라고 표시된 와인 두 병이 놓인 긴 결혼 테이블 앞에 서서 토미는 복잡한 기분으로 결혼 농담을 들었다. 그는 그 농담들에 당황했지만 은밀히 그 농담들을 즐기기도 했다. 그는 자신이 그 농담들에 당황해할 것이라는 사실을 알았지만 그 농담들을 은밀히 즐기기도 했다. 그는 자신이 당황해할 것이라는 사실을 알았고, 새로운 농담이 나올 때마다 그의 소년 같은 이목구비가 빨갛게 물들었다. 그리고 동시에 자신이 마침내 남자가 된 것 같다는 은밀한 기분을 느꼈다. 드디어 그는 신입 멤버로서 전 세계 어른 협회에 가입을 인정받았다. 지금부터 수년 후, 아마도 그는 누군가의 결혼식에 참석해 똑같은 농담 의식을 치를 것이었다. 비록 전에 그 농담의 대부분을 들었더라도 그 지식이 그를 기쁘게 했다. 그 농담은 어느 신혼여행 커플이 차지하게 된 호텔 방에 우산을 두고 온 머리 허연 노인의 이야기로 시작되었다. 커플이 그 방에 들어왔을 때 우산을 막 되찾은 노인은 급히 옷장에 숨었고, 그들의 달콤한 사랑의 속삭임을 억지로 들어야 했다. 신랑이 신부에게 "이 두 눈은 누구 거지?"-"자기 거."-"그리고 이 사랑스러운 입술은 누구 거지?"-"자기 거, 내 사랑." 등등 몸의 각 부위를 빼놓지 않고 말이 이어지며 겉옷에서 시작해 속옷으로 스트립쇼가 진행되는 기미가 느껴지자 옷장에 있던 노인이 마침내 자포자기해 소리쳤다. "우산 있는 데까지 오면, 그건 내 것!"

토미는 웃음을 터뜨렸다. 그 농담은 지저분했지만 어쨌든 그는 웃음을 터뜨렸고, 즉시 얼굴이 발갛게 물들었다. 그리고 부지 한쪽에 있는 덤불숲에서 나와 집으로 서둘러 움직이는 형님을 지켜보는 중에 다른 농담이 시작되었다. 서커스의 뚱보 여인과 결혼한 난쟁이 농담에 이어 다른 농담이, 그리고 또 다른 농담이 이어졌다. 농담은 유머집의 영역에서 벗어나 끝내주는 애드리브 성격을 띠며 기혼자와 총각 모두에게 적절한 호텔 방 행동에 관한 최고의 조언을 내놓고 있었다. 누군가가 신혼여행 내내 얼룩무늬 파자마를 벗으려고 애쓴 암얼룩말과 결혼한 흰말에 관한 재미없는 이야기를 던졌고, 토미는 웃음을 터뜨렸다. 그리고 누군가가 그에게 분명 인생의 가장 중요한 순간을 준비하기 위해 앤절라가 욕실에서 세 시간을 보낼 게 분명하니 잡지를 잔뜩 가져가라고 충고하자 다른 누군가가 "토미는 그때가 최고의 순간이었길 바랄 뿐이야."라고 말했고, 토미는 그 말을 완전히 이해하지 못했지만 어쨌든 웃었다.

"어느 호텔이야, 톰?" 둘러싼 농담꾼 중 하나가 물었다.

"음, 글쎄." 토미가 머리를 저으며 말했다.

"제발!" 누군가가 외쳤다. "우리가 네 신혼여행지에 불쑥 쳐들어가지 않을 거라고 생각하는 거야?"

"응." 토미가 말했다.

"우리 같은 오랜 친구가? 우릴 초대하기 싫다고?"

"응."

"'응'이라고? 왜? 오늘 밤에 다른 계획이 있는 거야?"

그렇게 그 순간이 지나갔다. 그리고 그러는 내내 조디 루이스는 새로운 농담이 시작될 때마다 토미의 표정을 포착해 셔터를 찰칵찰칵 눌러 대며 농담꾼들 주위를 잽싸게 움직였다. 얼굴을 붉히거나 미소를 짓거나 농담을 막 이해한 순간의 표정을 후세를 위한 **우리의 결혼식**에 보존하기 위해.

"갈 때 그 와인 잊지 마!" 누군가가 소리쳤다.

"무슨 와인?"

"누가 너에게 갖다 준 와인. 테이블 끝에 있는 거. 신랑과 신부에게 한 병씩."

"근데 너무 많이 마시진 마, 토미. 너무 많이 마시면 신부를 아주 실망시킬걸!"

"한 모금만, 토미! 건배 한 번! 그리고 작업에 들어가는 거야!"

사람들이 웃음을 터뜨렸다. 조디 루이스는 계속 셔터를 눌러 댔다. 밤이 무섭게 밀려오고 있었다.

우나 블레이크는 마룻바닥에 쪼그리고 앉아 코튼 호스를 내려다보고 있었다. 드레스는 허리까지 찢겨 있었고, 말려 올라간 치마에 튼튼하고 아름다운 다리가 드러나 있었다. 어둠이 번바움네 집 작은 다락방에 난입해 있었다. 다락방 창을 힘없이 통과한 대낮의 스러져 가는 빛이 그녀의 금발 머리를 비추었다가 그녀가 로프로 호스를 단단히 묶고 그의 주머니들을 뒤졌을 때 그녀의 허벅지를 환하게 노출했다.

거대한 한 손으로 라이플 총신을 쥔 채 시가를 씹고 있는 마티 소콜린이 그녀를 지켜보았다. 그녀는 그를 다소 겁먹게 했다. 그녀는 살면서 그가 안 여자 중 가장 아름다운 여자였지만 나이키 미사일처럼 움직였고, 그게 그를 다소 겁먹게 했다. 하지만 그녀는 그를 흥분시키기도 했다. 그녀가 그 사내의 지갑을 펼치는 모습을 지켜보며, 재빨리 지갑의 내용물들을 살피는 그녀의 손가락들을 지켜보며 그는 겁을 먹었고, 흥분했다.

"경찰이야." 그녀가 말했다.

"어떻게 알아?"

"배지 그리고 신분증. 왜 이 사람을 뒤져 보지 않았어?"

"너무 바빴어. 경찰이 여기서 뭘 하는 거지? 어떻게 경찰이……,"

"그들이 사방을 기어 다니고 있어." 우나가 말했다.

"왜?" 그의 눈이 깜빡였다. 그는 더 맹렬하게 시가를 씹었다.

"내가 한 사람을 쐈으니까." 그녀가 그렇게 대답했고, 그는 공포로 약간의 동요를 느꼈다.

"네가……?"

"이 집으로 가고 있던 머저리를 쐈어. 네가 사람들을 여기서 떨어뜨려 놓으라고 하지 않았어?"

"그래, 하지만 사람을 쏘라고는! 우나, 왜 넌……?"

"넌 어떤 남자를 쏘려고 여기 있는 거 아니야?"

"그래, 하지만……,"

"여기로 누가 오길 바라?"

"아니, 우나, 하지만 그게 경찰을 불러들였잖아. 난 전과가 있다고, 젠장. 난……,"

"나도 있어." 그녀가 그렇게 쏘아붙였고, 그는 그녀의 눈에 떠오른 갑작스러운 분노를 바라보며 다시 겁을 먹었다. 인중에서 땀이 배어났다. 모여드는 어둠 속에서 그는 겁을 먹고 흥분한 채 그녀를 바라보았다.

“조르다노를 죽이고 싶어?” 그녀가 말했다.

“그래. 나는…… 난 그래.”

“그러고 싶다는 거야, 안 그러고 싶다는 거야?”

“모르겠어, 젠장, 우나, 모르겠다고. 난 경찰들을 원치 않아. 다시 감옥에 가고 싶지 않다고.”

“네가 나한테 말한 건 그게 아니야.”

“알아, 알아.”

“넌 그를 죽이고 싶다고 했어.”

“그래.”

“넌 그가 죽을 때까지 절대 쉴 수 없을 거라고 했어.”

“그래.”

“나한테 도와 달라고 했잖아. 난 너한테 도움을 줬어. 내가 없다면 넌 코를 푸는 법도 모를걸. 사진관 근처에 아파트를 얻은 사람이 누구야? 나야. 이 집을 추천한 사람이 누구야? 나야. 내가 없다면 넌 네 망할 원한을 무덤으로 갖고 갈걸. 이게 네가 원하는 거야? 그 원한을 네 무덤으로 가져가는 거?”

“아니, 우나, 하지만……,”

“넌 남자야, 뭐야?”

“남자지.”

“넌 아무것도 아니야. 그를 쏠 배짱이 없는 거 아니야?”

“아니야.”

"난 이미 널 위해 살인을 했어, 알아? 난 널 지키려고 이미 한 남자를 죽였다고. 그런데 이제 꽁무니를 빼겠단 말이지. 너 뭐야? 남자야, 뭐야?"

"난 남자야." 소콜린이 말했다.

"넌 아무것도 아니야. 내가 왜 너랑 어울렸는지 몰라. 난 남자를 가질 수 있었어, 진짜 남자 말이야. 넌 남자가 아냐."

"난 남자야!"

"그럼 그를 죽여!"

"우나! 이젠…… 경찰들이 있어. 여기에 경찰이 있다고, 바로 우리 가까이……."

"여덟 시에 불꽃놀이를 할 거야……."

"우나, 놈을 죽이고 내가 이루는 게 뭐지? 난 내가 놈을 죽이고 싶다고……."

"……많은 소음, 많은 폭발. 만약 그때 쏘면 총소리는 들리지 않을 거야. 아무도 못 들을 거라고."

"……말한 걸 알지만 지금은 모르겠어. 아마 아티가 총에 맞은 건 놈의 책임이 아닐지도 몰라. 어쩌면 놈은 나무에 저격수가 있었다는 걸……."

"창가로 가, 마티. 놈을 시야에 확보해."

"……몰랐을지도 몰라. 지금 난 깨끗해. 난 출소했어. 왜 내가 이런 장난을 쳐야 하는 거지?"

"불꽃놀이가 시작되길 기다려. 그 방아쇠를 당기는 거야. 놈은 죽고, 우린 뜨는 거야.”

“하지만 저 바닥에 누워 있는 경찰은? 그가 우릴 봤어.” 소콜린이 주장했다.

“내가 해치울게.” 우나 블레이크는 그렇게 말하고 씩 웃었다. “그를 해치우는 건 진짜 즐거울 거야.” 그녀의 목소리가 속삭이듯 낮아졌다. “창가로 가, 마티.”

“우나…….”

“창가로 가서 끝장을 봐. 불꽃놀이가 시작되자마자. 해치워 버려. 그런 다음 나랑 가는 거야, 마티. 나랑 가는 거라고, 자기. 우나와, 자기, 마티. 끝장내, 끝장내라고, 욕구를 해결해!”

“그래.” 그가 말했다. “알았어, 우나.”

안토니오 카렐라는 와인을 너무 많이 마셨거나 춤을 너무 열심히 추었는지도 몰랐다. 어쨌든 그는 서 있기가 어려웠다. 그는 댄스 플로어 한가운데로 의자를 가져왔고, 이제 불안정하게 흔들리며 의자 위에 서 있었다. 팔을 허공에 휘저으며 중심을 잡으면서 조용히 하라는 신호를 보내려고 애썼다. 하객들 역시 너무 많이 마셨거나 너무 열심히 춤을 추었는지도 몰랐다. 그들은 오랫동안 침묵했는데, 누군가가 토니 카렐라의 말을 듣기 시작하지 않으면 그가 그 의자에서 떨어질 것이라는 두려움 때문에 그렇게 침묵하지는 않았을 것이었다.

“난 오늘 아주 운이 좋은 사람입니다.” 토니가 숨죽인 하객들에게 말했다. “내 딸 앤절라가 멋진 녀석과 결혼했습니다. 토미! 토미? 토미 어딨나?”

그는 의자에서 내려와 하객들 사이에서 토미를 찾아내 밴드 스탠드에서 쏟아지는 불빛 속으로 그를 끌고 왔다.

“내 사윕니다!” 그가 외쳤고, 하객들은 박수를 보냈다. “멋진 녀석이고, 멋진 결혼이고, 멋진 밤입니다! 그리고 이제 우린 폭죽을 터뜨릴 겁니다. 우린 내 두 아이를 위해 밤새도록 폭죽을 터뜨릴 겁니다! 모두 준비되셨습니까?”

그리고 마티 소콜린이 창턱에 라이플 총구를 걸치고 토미 조르다노의 머리를 겨냥했을 때 하객들은 환성을 질렀다.

14

수사 업무의 반은 집요함이고 반은 인내라지만 그것 역시 반은 운이고 반은 맹목적인 믿음이었다. 네 개의 반은 분명 두 개의 완전체와 동등하다. 마이어 마이어와 밥 오브라이언이 발품을 팔아 마티 소콜린을 쫓는 데 필요한 것이 그 두 개의 완전체였다.

마이어 마이어는 잠재적 살인자를 찾아 델리카트슨을 떠나기보다는 식욕을 돋우는 냄새를 킁킁거리며 거기에 오래 남았다면 아주 만족했을 것이었다. 델리카트슨의 냄새, 특히 코셔 델리kosher deli 전통적인 유대교의 율법에 따라 음식 재료를 선택하고 조리한 음식의 냄새는 늘 마이어에게 신비로웠고, 흥미를 자극했다. 소년이었을 때 그는 사람들이 실제로 구매를 위해 델리카트슨에 간다는 사실을 몰랐다. 그의 어머니는 자신들의 비유대인 동네에서 가장 가까운 게토과거 유대인 거주 구역로 그를 데리고 산책을 나가 거기서 델리카트슨을 찾았다. 가게 문가에서서 그녀는 어린 마이어에게 마음껏 킁킁거리는 것을 허락했다. 열다섯 살이 되어 처음으로 5센트짜리 살라미를 사기 전까지 마이어는 델리카트슨은 오직 냄새를 맡는 곳이라는 확신을 품었었다. 그는 여전히 다소 이교도의 신성모독적인 사원 같은 곳에서 물건을 살 때 꽤 불편함을 느꼈다.

그는 도버 플레인스가의 델리카트슨에서 아무것도 사지 않았다. 트롬본 케이스를 든 남자와 관련한 질문을 한 그는 즉시 퇴짜를 맞은 다음 매우 찾기 힘든 바늘처럼 보이기 시작한 것을 찾으러 거리로 나갔다. 그 수색은 확실하게 인정받은 수사 테크닉을 기초로 한 매우 과학적인 방식으로 수행되었다. 그 수색은 행인을 멈춰 세우고 트롬본 케이스를 갖고 다니는 남자를 보았는지 묻는 방식으로 수행되었다.

지금 이같이 철저한 수사 테크닉은 분명 스코틀랜드 야드와 나소 카운티 폴리스와 프랑스 경찰청과 게슈타포가 추천한 방식이었다. 그 방식은 신중하게 표현된 질문(예를 들어, "트롬본 케이스를 들고 지나가는 남자를 보셨습니까?" 같은)의 과정을 통해 용의자를 목격한 시민과 목격하지 못한 시민으로 나뉘게 계산되었다. 물론 적절한 권위를 실어 보편적으로 용인된 경찰의 어조로 딱 잘라 질문하는 것이 중요했다. 경찰 어조는 경찰 업무 절차의 일부였다. "트롬본 케이스를 들고 지나가는 남자를 보셨습니까?" 같은 문장이 경찰 어조가 훈련되지 않은 비전문가에 의해 전달되면 혼란스러운 대답들의 과잉 상태를 낳을 수 있었다. 경찰학교를 졸업한 사람, 수사 테크닉 방식에 매우 정통한 사람, 신문 기술에 능숙한 사람에 의해 전달되었을 때, 그 질문은 중요성을 띠었다. 과학적 필연성을 접목한 질문을 받은 사람은 두 대답 중 하나만 가능한 상황으로 교묘하게 이끌렸다. 네 혹은 아니요. 트롬본 케이스를 들고 지나가는 사람을 보았거나 보지 못했거나.

숙련된 심문자들인 마이어 마이어와 밥 오브라이언은 '네'라는 대답을 듣기 전에 총 열두 번의 '아니요'를 들었다.

'네'가 그들을 찰스가를 낀 거리로 이끌었다. 2층 주택 현관 계단 앞에서 그들은 두 번째 '네'를 들었고, 자신들의 운이 계속 따르고 있다고 느끼기 시작했다. 두 번째 '네'는 보청기를 낀 어떤 노인에게서 들었다.

"여기서 트롬본 케이스를 들고 지나가는 남자를 보셨습니까?" 마이어가 과학적으로 물었다.

"뭐라고?" 노인이 외쳤다. "난 귀가 좀 먹었어."

"트롬본 케이스를 든 남자를 보셨습니까?"

"그게 필요하면 안에 하나 있어." 노인이 말했다.

"트롬본이요?"

"그래. 홀 테이블 위에. 걸고 싶은 대로 걸어요. 시외전화는 아니겠지?"

"아니, 아니요, 트롬본이요." 마이어가 참을성 있게 말했다. "악기 말입니다."

"오, 트롬본. 그래, 그래. 그게 어쨌다고?"

"그걸 들고 가는 남자를 보셨습니까?"

"오후 일찍 지나간 녀석을 말하는 건가?"

"그 남자를 보셨습니까?"

"응. 저 길로 갔네."

"감사합니다." 마이어가 감사를 전했다. "큰 도움이 됐습니다. 대단히 감사합니다."

"지옥에나 가, 젊은이." 보청기를 낀 노인이 말했다. "난 도움이 되려고 했을 뿐이야."

어스름이 깔리고 있었다. 하늘은 다채로운 색의 볼bowl이었다. 지평선 밑 해가 떨어진 서쪽 하늘은 연한 파란색이었고, 그 위쪽은 뱃사람의 푸른 눈처럼 더 짙은 파란색이었으며, 그 위의 파란색은 밤새 영업하는 바의 관능적인 금발 여성의 다이아몬드가 점점이 박힌 드레스처럼 벨벳 같은 하늘에 별들로 물든 검은색에 가까웠다.

"우린 카렐라네에 가까이 있는 거 아냐?" 오브라이언이 물었다.

"찰스가는 다음 블록이야." 마이어가 말했다.

"가까워지고 있는 거 같나?"

"아마. 난 지쳐 가고 있어. 그건 확실해."

"저기에 또 고객이 있군." 오브라이언이 말했다. "저 남자에게 물어야겠지?"

"우린 여태 모든 사람에게 물었어. 왜 이 시점에서 차별을 시작하겠어?"

그 새로운 고객은 여덟 살짜리 남자아이였다. 아이는 주머니칼을 들고 연석에 앉아 있었다. 아이는 주머니칼을 공중으로 던지며 눈 앞에서 손잡이가 먼저 땅으로 떨어지는 칼을 지켜보고 있었다. 칼의 약한 움직임으로는 칼날이 먼저 땅에 박힐 일은 일어나지 않을 것 같았다. 아이는 공중에 던진 그것이 끔찍한 딱 소리를 내며 땅에 떨어지는 것만으로 만족해하는 듯 보였다. 다시, 또다시 아이는 그 무력한 행동을 반복했다. 마이어와 오브라이언은 한동안 그 아이를 지켜보았다.

"안녕, 꼬마 친구." 마이어가 마침내 말했다.

아이가 올려다보았다. 어스름한 가운데 아이의 얼굴은 흙투성이였다.

"꺼져요." 아이가 말했다.

마이어가 힘없이 웃었다. "자, 자, 꼬마 친구." 그가 말했다. "우린 뭐 하나 묻고 싶을 뿐이야."

"에? 뭐요?"

마이어가 신중하게 그 질문을 말했다. "트롬본 케이스를 들고 여길 지나가는 남자를 봤니?"

아이가 뾰족한 칼 같은 눈으로 그를 쏘아보았다. "꺼져요." 아이가 말했다. "바쁜 거 안 보여요?"

"땅에 그 칼을 꽂으려는 거니?" 오브라이언이 상냥하게 물었다.

"놀리지 마요." 아이가 말했다. "그건 아무나 할 수 있어요. 이 구멍 안에 애벌레가 있단 말이에요."

"애벌레?" 오브라이언이 말했다.

"당연하죠. 몇 번이나 맞혀야 죽는지 보려는 거예요. 벌써 서른네 번이나 맞혔는데 아직도 움직여요."

"그걸 밟으려고 하진 않고?" 마이어가 말했다.

"그러면 뭐가 재밌는데요?" 아이가 물었다.

"트롬본 케이스를 든 남자 말인데, 그 사람이 지나가는 걸 봤니?"

"당연하죠." 아이가 말했다. 아이는 칼을 들고 애벌레의 등에 뭉뚝한 손잡이를 떨어뜨렸다. "서른다섯." 아이가 말했다.

"어디로 갔니?"

"아마 다음 블록의 결혼식하는 데로 갔을걸요."

"왜 그렇게 생각하지?"

"서른여섯." 칼을 다시 떨어뜨리며 아이가 말했다. "점점 약해지는 거 같아요."

"그 남자가 왜 그 결혼하는 데로 갔다고 생각하지?" 마이어가 말했다.

"뒷마당을 가로질러 가는 거 같았으니까요. 그러지 않았으면 그 집으로 갔거나요."

"무슨 집?"

"어쨌든 그 사람은 그쪽으로 가고 있었어요. 인도에 멈춰 서서 바로 거길 돌아봤어요." 아이가 말했다. "서른일곱. 그러니까 결혼식에 연주하러 뒷마당을 가로질러 가지 않았으면 집 안으로 들어갔겠죠. 아니면 뭐겠어요? 서른여덟. 난 백까지 셀 수 있어요."

"어느 집이니?" 마이어가 말했다.

"번바움 아저씨네요." 아이가 대답했다. "아저씨 있는 데서 오른쪽 세 번째 집이요." 아이가 구멍을 내려다보았다. "이 새끼를 잡은 것 같아요." 아이가 말했다. "와, 끈적거리는 게 나오는 것 봐."

마이어와 오브라이언은 그 끈적거리는 것을 보려고 지체하지 않았다. 그들은 서둘러 번바움의 집을 향해 길을 걷기 시작했다. 멀리서 나는, 희미하게 우르릉거리기 시작하는 소리가 들렸다. 마치 먼 곳에서 치는 천둥 같은 소리.

"놈이 보여?"

놈, 놈, 놈, 놈, 놈…….

"그래. 놈이 시야에 들어왔어."

시야, 시야, 시야, 시야, 시야…….

이번엔 놓치지 말자. 그러고말고. 신중히 겨냥하고. 그럴 거야. 이제 불꽃놀이를 시작하는군. 하찮은 것들. 폭죽 소리는 총이 발사되는 소리를 연상시켜서 싫다니까. 난 총이 발사되는 게 싫다고, 마티. 닥쳐. 네 일에 집중해. 그러고 있잖아. 회전 폭죽이 터지고 있군. 놈이 여전히 보이나. 그래. 큰 게 터질 때까지 쏘지 마. 총소리를 덮어 줄 폭발음이 필요하니까. 아직 쏘지 마, 마티. 그럴 거야. 그럴 거야.

그럴 거야, 그럴 거야, 말, 말. 사람들이 떠들고 있군. 뒤죽박죽 섞인 말. 멀리서 치는 천둥, 총소리, 폭발음, 하지 마. 안 할 거야…….

코튼 호스는 목소리들과 모호하고 의미 없는 소리들을, 무의식이 메아리치는 터널 속을 헤맸다. 어둠이 밝음으로 대체된 것처럼 머릿속이 울리고 있었다.

밖에서 회전 폭죽이 터지는 불빛, 불꽃놀이. 그래, 밖에서 폭죽이 터지고 있어…….

그는 눈을 깜박였다.

그는 움직이려고 했다.

그는 세이디 이모의 고기구이처럼 묶여 있었다. 손이 등 뒤로 발과 묶여 큰 흔들 목마의 받침대처럼 바닥에 배를 깔고 엎어져 있었다. 머리를 돌리자 창문이 보였다. 창문 너머 어지럽게 빛나는 환한 폭죽 불빛이 밤하늘을 길게 찢었다. 창가의 실루엣은 라이플 위로 몸을 숙이고 쪼그린 네안데르탈인이었고, 훌륭한 엉덩이로 빨간 실크를 팽팽하게 잡아당긴 채 남자의 어깨에 한 손을 올리고 몸을 살짝 숙인 채 서 있는 사람은 구두로 자신을 찍은 여자였다.

"신중히 겨냥해, 마티." 그녀가 속삭였다.

"그래, 그러고 있어. 놈을 잡았어. 걱정 마."

"큰 걸 기다려. 큰 소리를."

"알았어, 알았어."

"넌 할 수 있어, 마티."

"알아."

"넌 남자야, 마티. 내 남자."

"알아. 쉬. 쉬. 신경 쓰이게 하지 마."

"이게 끝나면 말이야, 마티. 너랑 난 잘될 거야. 신중히 겨냥해."

"그래, 그래."

놈이 토미를 쏘려 하고 있어. 호스가 무력하게 생각했다. **맙소사, 놈이 토미를 쏘려는데 난 놈을 막을 빌어먹을 방법이 없어.**

"어떻게…… 어떻게 된 거예요?" 벤 다시가 물었다.

그는 카렐라가 손에 든 젖은 수건에서 몸을 떼었다. 그는 눈을 껌뻑이고 똑바로 앉은 다음 냉큼 머리를 감쌌다.

"오, 내 머리. 오 맙소사, 아파 죽겠네. 어떻게 된 거예요?"

"네가 나한테 말해야 할 것 같은데." 카렐라가 말했다. "자, 이 젖은 수건을 부어오른 데다 대."

"네. 고마워요." 그는 다시 눈을 껌뻑이며 혼란스러워했다. "저…… 저 시끄러운 소리들은 다 뭐죠?"

"불꽃놀이가 시작됐어."

"토미와…… 앤절라는 벌써 떠났고요?"

"아닐걸."

"오."

"어떻게 된 건지 말해 봐." 카렐라가 말했다.

"확실치 않아요. 이 뒤쪽으로 걷고 있었는데……,"

"왜?"

"뭐가 왜예요?"

"이 뒤 덤불 안에서 뭘 하고 있었지?"

"별로 아무것도요. 저쪽이 너무 복잡했고, 난 토미와 말다툼을 했어요. 그래서 좀 더 조용한 여기로 왔어요."

"그리고?"

"누가 날 쳤어요."

"누가?"

"몰라요."

"넌 먼저 소리쳤어. 도와 달라고. 왜 그랬지?"

"왜냐하면, 누가 뒤에서 내 목을 감았으니까요. 그때 소리쳤어요. 맙소사, 그가 날 뭘로 쳤죠? 머리가 박살 난 것 같아요."

"남자였나, 벤?"

"네. 네, 내 목에 감긴 팔이 남자 팔 같았어요."

"그리고 넌 도와 달라고 소리쳤고?"

"네."

"그 남자가 무슨 말이든 했나?"

"네."

"뭐라고 했지?"

"'넌 더러운 개자식이야. 내가 너희 모두를 모조리 죽여 주마.'라고요."

"목소리가 어땠지?"

"깊고 허스키했어요. 덩치 큰 남자가 내는 소리처럼 들렸어요."

"얼마나 큰데?"

"아주 컸어요. 팔심이 대단했죠."

"키가 얼마지, 벤?"

"딱 백팔십이요."

"그가 너보다 어마어마하게 더 컸다고? 네가 아는 바로는?"

"아니요, 그 정도는 아니고요. 그러니까, 백팔십팔이나 백구십오 정도요."

"그리고 그가 '넌 더러운 개자식이야. 내가 너희 모두를 모조리 죽여 주마.'라고 했단 말이지. 맞아?"

"맞아요."

"그런 다음 그가 널 쳤나?"

"네."

"머리를?"

"네."

"친 데가 거기뿐이야?"

"네."

"널 쓰러뜨린 다음 발로 차거나 그러진 않았고?"

"네."

"그가 그냥 네 목에 팔을 두르고 뒤로 당긴 다음 정수리를 쳤다는 거지, 맞아?"

"네."

"그가 뭘 입고 있었지?"

"턱시도 같아요. 팔만 봤지만 턱시도 소매 같았어요."

"그걸 봤다고?"

"네."

"보기엔 너무 어둡지 않았나?"

"아니요, 아니에요."

"턱시도는 무슨 색이었지?"

"검은색이요."

"감색이 아니고?"

"네, 검은색이요."

"그걸 알 수 있어? 이렇게 어두운 데서? 이 나무 그늘 아래서?"

"네. 검은색이었어요. 검은색인 것 같아요."

"그리고 그 남자가 말을 한 다음 널 쳤어? 아니면 먼저 네가 소리쳤어? 어느 쪽이지?"

"먼저 그가 말한 다음 내가…… 아니, 잠깐만요. 내가 먼저 도와달라고 소리친 다음 그가 내게 욕을 하고 쳤어요."

"한 번. 맞지?"

"네. 그가 내 정수릴 쳤어요. 그게 내가 기억하는 마지막이에요."

"그리고 넌 의식을 잃고 쓰러졌고, 맞아?"

"네."

"마지막으로 하나만 물을까, 벤?"

"네?"

"왜 나한테 거짓말을 하지?"

회전 폭죽이 펑펑 소리를 냈고, 사람들의 손에 들린 폭죽이 밤을 붉은색으로 채웠다. 그리고 이제 발사대 뒤에 선, 결혼 피로연 주식회사에서 나온 뷔페업자들이 피날레를 장식할 도화선에 점화하길 갈망하며 만반의 준비를 마쳤다. 토미 조르다노는 밴드 스탠드에서 쏟아지는 조명 불빛을 받으며 장인과 신부 옆에 서서 곧 터질 불꽃과 폭발 메들리를 기다리고 있었다. 그는 조준경의 십자 선이 자신의 왼쪽 눈 바로 위에 고정되어 있다는 사실을 알지 못했다. 그는 뷔페업자들이 발사대 뒤 주위에 몰려들었을 때 기쁜 미소를 띠었고, 첫 도화선이 점화되었을 때 앤절라의 손을 꼭 쥐었다.

도화선은 점점 타들어 갔고, 화약에 불이 닿았다. 폭죽 로켓의 처음은 하늘로 치솟는 것이었다. 그리고 폭발하며 푸른색과 녹색 별들을 흩뿌렸다. 거의 즉시 이어진 두 번째 로켓은 벨벳 밤하늘에 은빛 물고기들을 쏘아 보냈다. 폭발은 평화로운 리버헤드 교외를 흔들었고, 놀랄 만큼 큰 폭발음은 밤을 갈기갈기 찢을 듯 위협했다.

다락방에서 우나 블레이크는 소콜린의 어깨에 손가락을 박아 넣었다.

"지금." 그녀가 말했다. "지금이야, 마티."

15

두 형사는 높은 효율을 위해 짝을 이루어 함께 일했고, 모든 게 유혈 사태 없이 착착 진행되었을지도 몰랐다. 밥 오브라이언이 그 짝이 아니었다면. 짝을 이루었던 형사들이 일단 형사실로 돌아오면 전설과 미신은 그 사태의 장본인으로 오브라이언을 지목할 것이 분명했다.

두 사람은 번바움네 집 현관 포치에서 자신들의 리볼버를 꺼내 들었다. 오브라이언은 문 한쪽에 섰고, 마이어는 문손잡이를 돌려 천천히 문을 열었다. 1층의 거실은 어둡고 조용했다. 두 남자는 조심스럽게 거실로 들어갔다.

"만약 놈이 여기 있고, 라이플을 쓸 생각이라면," 마이어가 속삭였다. "놈은 위층에 있을 거야."

그들은 어둠에 눈이 익을 때까지 기다렸다. 두 사람은 계단을 찾은 다음 올라가기 시작했지만 그들의 몸무게 때문에 계단이 삐걱거리자 멈칫했다. 2층에서 그들은 침실 두 개를 찾았고, 두 침실이 비었다는 것을 확인했다.

"다락방?" 오브라이언이 속삭였고, 둘은 계속 올라갔다.

두 사람은 불꽃놀이가 카렐라네 뒷마당에서 시작되었을 때, 다락방 밖 복도에 있었다. 먼저 그들은 그것이 총소리라고 생각했다가 무슨 소리였는지 알아차렸고, 의심할 여지 없이 자신들이 찾는 저격자—만약 그가 실제로 이 집에 있다면—가 라이플을 쏘기 전에 폭죽이 터지는 소리를 기다리는 중이라고 즉각 결론을 내렸다. 그들은 서로에게 그 말을 하지 않았다. 말할 필요가 없었다. 그들이 수행할 참인 이 작전은 둘이서, 혹은 다른 팀의 일원으로 이미 골백번 해 본 일이었다. 길 건너 마당의 불꽃놀이는 그 작전에 긴박감을 더했을 뿐이지만 두 사람은 공황에 빠지지 않고 신속히 움직였다. 마이어는 문 오른쪽 벽에 바싹 붙었고, 오브라이언은 문 반대쪽 복도 벽에 몸을 기대고 대비했다. 오브라이언이 마이어를 힐끗 보았고, 마이어는 말없이 고개를 끄덕였다.

두 사람은 방 안에서 "지금. 지금이야, 마티."라고 하는 여자의 목소리를 들었다.

벽에서 몸을 솟구친 오브라이언은 왼 다리를 들어 올려 왼발로 문을 힘차게 걷어찼고, 그 킥에 잠금장치가 부서지며 문이 안쪽으로 거세게 열렸다. 라인을 파고드는 풀백처럼 오브라이언이 문을 따라 다락방 안으로 들어갔고, 마이어는 옆으로 패스할 준비가 된 쿼터백처럼 그의 뒤를 가로질러 방 안으로 들어갔다.

오브라이언은 총을 쏘고 싶어 안달하지 않았다.

쏘아진 새총 같은 문을 따라 그 방에 들어갔을 때 총은 그의 손에 들려 있었고, 그의 눈은 맨 처음 창문을, 그다음에 라이플 위로 몸을 숙이고 있는 남자를, 그런 다음 꾸러미처럼 묶인 코튼 호스가 엎드린 바닥을, 그리고 빨간 실크 드레스를 입은 금발이 자신을 향해 얼굴을 돌렸을 때 다시 창문을 훑었다.

"총 버려!" 그가 외쳤고, 창가의 남자가 총을 든 채 몸을 돌렸다. 그 뒤 뒷마당에서 터지고 있는 불꽃이 그의 눈을 비춰 눈동자가 불타고 있었다. 그리고 오브라이언의 눈과 그의 눈이 마주친 순간 그는 총을 쏠 필요성을 가늠했다.

"총 버려!" 그가 외쳤고, 그는 남자의 눈에서 눈을 떼지 않고 3천 년 같은 3초 동안 그 눈을 연구했고, 그 눈에 드러난 놀라움을 연구했다. 이내 그 눈은 사태를 빠르게 자각하고 빠르게 계산했다. 곧 그 눈은 가늘어지기 시작했고, 예전에 총을 든 남자의 눈이 즉각 가늘어지는 것을 본 오브라이언은 그 눈이 방아쇠에 걸린 손에 행동을 취하라고 전보를 치고 있다는 것을 알았고, 만약 즉각 쏘지 않으면 다음 순간 자신이 피를 흘리며 바닥에 쓰러지리라는 사실을 알았다.

마이어 마이어 역시 가늘어지는 눈을 보고 외쳤다. "조심해, 밥!" 그리고 오브라이언은 방아쇠를 당겼다.

그는 재빠르게 단 한 방 쏘았다. 심장이 두방망이질하고 다리가 후들거리는 게 거짓이라는 양 침착하게 쏘았다. 그의 총알이 가까운 거리에 있는 소콜린의 어깨를 강타해 그의 몸을 틀어 벽에 부딪히게 했고, 손에서 라이플을 떨어뜨리게 했다. 그리고 오브라이언이 생각한 것은 이것뿐이었다. **그를 데려가지 마소서. 하느님, 그를 데려가지 마소서!**

금발은 한순간 멈칫했다. 소콜린이 천천히 벽에서 바닥으로 쓰러짐과 동시에, 마이어가 방 안으로 뛰어듦과 동시에, 바깥세상이 불꽃 샤워와 엄청난 불협화음의 폭발음 속에서 와해되고 있는 동시에 그녀는 결정을 내리고 행동을 개시했다. 완벽하게 여성스러운 제스처로 스커트를 들어 올리면서 무릎을 꿇은 다음 남성스러운 결단력으로 라이플을 잡기 위해 허리를 숙였다.

마이어는 그녀에게 두 번 발길질했다. 그는 그녀의 손가락이 방아쇠를 찾기 전에 위로 들린 라이플을 떨어뜨리게 하려고 한 번 찼고, 흰 살결과 미끄러져 내리는 빨간 실크가 어지럽게 물결치며 엉덩방아를 찧게 하려고 그녀의 다리를 걷어찼다. 그녀는 지옥에서 온 밴시울음을 통해 가족의 죽음을 예고한다는 아일랜드 민화 속 요정처럼 이를 드러내고 손가락을 갈퀴처럼 구부린 채 바닥에서 벌떡 일어났다. 그녀는 대화 따윈 안중에 없었고, 마이어는 그녀에게 한마디도 하지 않았다. 그는 자신의 38구경을 공중으로 살짝 던져 개머리가 앞으로 오도록 총신을 거머쥐었다. 그런 다음 그 총을 옆으로 휘둘러 그녀의 턱에 강한 일격을 먹였다. 머리가 뒤로 넘어간 그녀는 팔을 떨어뜨리고 살짝 신음하더니 하브강에 가라앉는 퀸메리호처럼 천천히, 천천히 무너져 내렸다. 깨지기 쉬운 우아함과 타이타닉의 침몰이라는 기묘한 조합으로 바닥에 쓰러지고 있었다.

오브라이언은 이미 구석에서 소콜린 위로 몸을 숙이고 있었다. 마이어는 이마를 쓸었다.

"다쳤지만," 오브라이언이 대꾸했다. "죽진 않겠어."

"난 충격이 있을 거란 걸 알았어." 마이어는 단지 그렇게만 말했다. 그는 흔들 목마 자세로 바닥에 엎드려 있는 코튼 호스에게 몸을 돌렸다. "이런, 이런." 그가 말했다. "여기에 뭘 놔둔 거야. 이것 좀 봐, 밥."

"이 줄 좀 풀어 줘." 호스가 말했다.

"이게 말을 하는데, 밥." 마이어가 말했다. "맙소사, 난 말하는 개는 믿겠어. 이제 그건 신기하지도 않아!"

"얼른, 마이어." 호스가 애원했고, 마이어는 그제야 얻어맞은 얼굴을 보고 묶인 줄을 자르려고 얼른 몸을 숙였다. 호스가 몸을 일으켰다. 손목과 발목을 주무르며 그가 말했다. "위기일발의 순간에 왔군."

"해병대는 늘 제시간에 오지." 마이어가 말했다.

"그리고 미 기갑부대도." 오브라이언이 대꾸했다. 그는 금발을 힐끗 보았다. "끝내주는 다리야." 그가 말했다.

남자들은 잠시 바른 안목으로 그녀를 관찰했다.

"그러니까," 마이어가 마침내 말했다. "이걸로 끝이겠군. 우린 저

멍청이를 위한 구급차가 필요하겠지?”

“그래.” 오브라이언이 건성으로 대답했다.

“자네가 전화할래, 밥?”

“그래, 오케이.”

그가 방에서 나갔다. 마이어는 금발에게 걸어가 손목에 수갑을 채웠다. 유부남의 초탈한 무관심으로 그는 그녀의 드러난 다리를 마지막으로 바라본 다음 스커트를 내렸다. “이제,” 그가 말했다. “체면과 도덕이 다시 한번 승리했군. 이 여자는 눈매가 사나워 보여, 여기가. 나라면 이 여자와 엮이고 싶지 않을 거야.”

“내가 그랬지.” 호스가 말했다.

“음.” 마이어가 그의 얼굴을 보았다. “어쩌면 우린 또 다른 승객을 위한 구급차가 있어야 할 것 같은데. 자넨 그렇게 멋져 보이지 않아, 친애하는 동료 양반.”

“나도 그렇게 멋진 기분은 아니야.” 호스가 말했다.

마이어가 리볼버를 총집에 넣었다. “일요일엔 약간의 흥분만 한 게 없지, 응?”

“그게 대체 무슨 소리야?” 호스가 물었다. “이게 내 비번이라고.”

“거짓말을 한다고요? 무슨 말이에요? 내가 왜……?”

“자, 벤. 집으로 가지.” 카렐라가 말했다.

“왜요? 제가 뭘 했다고……?” 총이 마법처럼 카렐라의 주먹에서 나타났다. “맙소사, 진지하군요, 아닌가요?”

“넌 아니야?” 카렐라가 그렇게 물었고, 둘은 함께 덤불에서 나왔다. 폭죽이 그들 뒤에서 터지고 있었다. 불꽃이 새로운 묘기를 부릴 때마다 사람들의 탄성이 뒤따랐다. 클링이 집 앞에서 두 사람을 만났다.

“찾고 있었어요, 스티브.” 그가 말했다. “여덟 시가 넘었고, 아홉 시에 클레어를 데리러 가야 해요. 그래서 가야 할 것 같은데요.”

“몇 분 더 기다려 주겠나, 버트?”

“왜요?”

“기다릴 수 있어?”

“좋아요. 하지만 내가 늦었을 때의 클레어를 봐야 해요.”

“들어가.” 카렐라가 다시에게 말했다. 그들은 집 안으로 들어갔다. “위층으로.” 그들은 카렐라가 소년이었을 때 쓰던 방으로 올라갔다. 학교 페넌트가 여전히 벽을 장식하고 있었다. 모형 비행기가 천장에 매달려 있었다. 그가 태평양에서 집으로 보낸 사무라이 칼이 책상 옆 창문 오른편에 걸려 있었다. 자신이 소년이었을 때 썼던 방에서 카렐라는 향수에 젖지 않았다. 그는 신문을 할 참이었기 때문에 집의 조용한 곳으로 다시를 데려왔고, 덫처럼 보이는 네 벽이 둘러싼, 세상에서 격리된 정적이라는 심리적 이점을 원했다. 87분서에서 그가 서무과 옆 작은 취조실을 사용하는 것도 같은 이유에서였다. 취조실을 스파링 링으로 쓰는 경찰도 몇몇 있었지만 카렐라는 경찰이 된 이래 신문받는 사람에게 손 한번 댄 적 없었고, 지금도 그럴 생각은 없었다. 하지만 그는 자신의 권총의 효용을 인지

하고 있었고, 다시가 거짓말을 하고 있다는 것을 알았으며, 이제 그가 왜 거짓말을 했는지 알고 싶었다. 그는 심리전을 염두에 두고 자신의 총을 꺼냈다. 그는 다시에게 총이 필요 없다는 것을 알았다. 하지만 그 총은 공적 업무를 수행하는 경찰의 무게를 더했다. 그리고 두 번째 경찰이 있다는 것이 그 무게가 두 배가 되기 때문에 그는 의도적으로 위층으로의 클링의 동행을 부탁했다. 필연적인 자백의 감정이 고조된 끝에 거짓말이 용의자의 마음에서 숨을 바위 밑을 찾아 뿌리를 내리다가 그에 대항하는 압도적인 곤경에 가차 없이 노출될 것이었다.

"앉아." 그가 다시에게 말했다.

다시가 앉았다.

"왜 토미가 죽길 바라지?" 카렐라가 직설적으로 물었다.

"뭐라고요?"

"들었잖아." 그가 다시가 앉은 의자 오른쪽에 섰다. 클링은 무슨 일이 일어나는지 이해하고 즉시 의자의 왼쪽에 자리를 잡았다.

"토미가 죽다니요?" 다시가 말했다. "장난해요? 왜 내가……."

"내가 너한테 묻는 게 바로 그거야."

"하지만 난……."

"넌 너보다 좀 더 큰 어떤 남자가 풀숲에 있는 네 뒤로 와서 팔로 네 목을 감았다고 했어, 맞아?"

"네. 맞아요, 그게 사실이에요."

"그런 다음 그가 네 머리를 쳤지, 맞아? 한 번? 맞아?"

"네. 그게 있었던 일이에요. 그게 어떻게……?"

"내 키는 백팔십이야." 카렐라가 말했다. "일이 센티 차이는 있을지 몰라도. 여기 있는 버트는 백팔십칠쯤 돼. 그게 너와 네 추정 가해자의 키 차이쯤이지, 안 그래? 그게 네가 말한 거 아니야?"

"네, 그게 내가 말한……."

"뒤에서 날 잡아 주겠나, 버트? 자네가 입은 옷이 어떤 종류인지 볼 수 있을 정도로만 나에게 팔을 둘러 줘. 넌 내게 너를 공격한 사람이 턱시도를 입고 있었다고 했어, 아닌가?"

"어, 난……."

"아니야?"

"그랬어요." 다시가 말했다.

"자, 버트."

클링이 카렐라의 목에 팔을 둘렀다. 카렐라는 오른손에 총을 들고 다시를 마주 보고 서 있었다.

"우린 아주 가까이 있어, 안 그래, 다시? 난 사실상 그와 격돌하고 있지. 사실, 버트가 날 밀치지 않고 이런 식으로 내 머리를 치는 건 불가능할 거야. 내 말이 맞나?"

"네, 맞아요." 다시가 재빨리 대답했다. "그 가해자가 날 밀쳤어요. 이제 기억나네요. 그가 날 앞으로 밀쳤고, 난 그가 치기 직전에 소리친 거예요. 그래서 그가 팔을 휘두를 수 있었던 거죠. 그거예요. 딱 그런 식이었어요."

"음, 말이 다른데." 카렐라가 미소를 띠며 말했다. "왜 애초에 그렇게 말하지 않았지? 그러니까 그가 널 앞으로 밀쳤다고, 맞아?"

"네."

"그렇게 해 봐 주겠나, 버트?"

클링이 카렐라를 부드럽게 밀치자 카렐라가 앞으로 몇 발걸음 내디뎠다. "대략 이렇게?" 그가 다시에게 물었다.

"뭐, 훨씬 더 세게요. 하지만 대충 그게 내가 처한 상황이었죠, 네. 그 사람 앞으로 좀 더 나갔어요."

"음, 애초에 나한테 그렇게 말했어야지." 카렐라가 여전히 미소를 띠며 말했다. "그가 네 뒤 일 미터 내에서 너를 쳤다고, 맞아?"

"네."

"그건 아주 큰 차이인데." 카렐라가 상냥하게 미소를 지으며 말했다. "그리고 그가 널 찼거나 하진 않았고, 내 말이 맞아?"

"맞아요." 다시가 끄덕이며 말했다. "그가 날 민 다음에 쳤어요. 그게 다예요."

"그렇다면 벤, 네 머리 위, 정확히 머리 꼭대기에 대체 왜 그런 자상이 있는지 나한테 말해야 할 것 같은데? 그걸 말해 보겠나?"

"네? 난……,"

"만약 네가 뒤에서 맞았다면 넌 분명 뒤통수나 머리 옆을 맞았을 거야. 너를 친 남자가 엄청난 거인이 아닌 이상 그 자상이 정수리에 나진 않았을 테고. 네가 묘사한 사이즈의 남자가 네 머리 위로 흉기를 뻗은 다음 그걸 수직으로 회수한다고 가정하면, 타격에 결코 충분한 힘을 줄 수 없었을 거야."

"그는…… 그는 내 생각보다 더 컸어요."

"얼마나?"

"아마 이 미터 가까이. 어쩌면 더요."

"그걸론 부족해! 그 키면 자연스러운 팔 스윙이 네 뒤통수에 총을 비스듬히 내리치는 결과를 낳았을 거야. 아니면, 그가 옆으로 팔을 휘둘렀다면 네 머리 귀 뒤의 오른쪽이나 왼쪽에 맞았겠지. 어때, 다시? 그건 네가 낸 상처 아니었나? 머리를 수그리고 큰 단풍나무를 향해 달린 거 아냐?"

"아니, 아니에요. 내가 왜 그러고 싶겠……?"

"의심을 피하기 위해서. 왜냐하면 네가 타이로드엔드에 톱질을 했으니까!" 클링이 말했다.

"넌 오늘 아침, 산책을 나갔다고 하지 않았나? 그게 네가 날 처음 봤을 때 나에게 한 말이지." 카렐라가 말했다.

"네, 하지만……,"

"네가 자진해서 나무에 달려든 거지? 네 가벼운 산책길에 그 타이로드엔드를 톱질했지?"

"아니에요, 아니, 난……,"

"네가 토미에게 그 독거미를 보냈지?"

"아니, 아니에요. 난 어떤 짓도 안 했다고 맹세……,"

"그 거미와 함께 보낸 쪽지를," 카렐라가 소리쳤다. "우린 네 필적과 비교할……,"

"내 필적이요? ……하지만 난……,"

"그 금발과 공모했나?" 클링이 소리쳤다.

"무슨 금발이요?"

"번바움을 죽인 총을 가진 여자!"

"번바움!"

"아니면 네가 번바움을 죽였나?"

"난 아무도 죽이지 않았어요. 난 그저……."

"그저 뭐?"

"난 그저 원했어요……."

"뭘?"

"난…… 난……."

"녀석을 데려가, 버트." 카렐라가 냉정하게 말했다. "노인 살해로 놈을 연행해. 모살謀殺 미리 꾀하여 사람을 죽이는 것로. 명백한 살인이야."

"살인이요?" 다시가 외쳤다. "난 그 노인에게 손 하나 대지 않았어요! 난 그저 원했어요……."

"네가 원한 게 뭐야? 염병할, 다시, 말해!"

"난…… 난…… 난 처음에 토미에게 겁만 주고 싶었어요. 거…… 거미로요. 난…… 난 걔한테 충분히 겁을 주면 아마 걔가…… 결혼을 취소할지도 모를 거라고 생각했어요. 하지만…… 걘…… 걘 그러지 않았고, 겁을 먹지도 않았어요."

"그래서 차에 작업을 하러 갔군, 맞아?"

"네, 하지만 걜 죽이지 않았어요! 난 걜 죽이고 싶지 않았어요!"

"그 타이로드가 부러졌다면 어떻게 될 거라고 생각했지?"

"사고로 결혼이 중단될 거라고 생각했지만 그건…… 그건 그렇게 되지도 않았어요. 그러면 내가……,"

"그 금발은 어디에 관여된 거지?"

"난 어떤 금발도 몰라요. 난 형이 무슨 말을 하는지 모른다고요."

"번바움 아저씨를 쏜 여자! 털어놔, 다시!"

"다 말하고 있는 거예요. 난 토미를 겁먹게 하려고 했을 뿐이라고요. 그 와인도 걜 아프게 하려는 거였어요, 그래요, 그리고 난 내 차에 앤절라를 태우고 나가서 앤절라의 의중을 알아보려고 했어요. 만약 걔가 내 말에 동의하면……,"

"무슨 와인? 와인이라니, 무슨 말이야?"

"그 와인이요. 걔와 앤절라를 위한. 그리고 만약 앤절라가 나와 함께 가겠다고 했으면 난 그 병들을 다시 가져가려고 했어요. 하지만 어쨌든 그건 걔만 아프게 하려는 거였어요. 그럼 걔는…… 걘 신혼여행에서 바보 같은 실수를 할 거예요. 그럼 앤절라가 걜…… 경멸하게 되겠죠. 그럼 아마 앤절란 나한테 올 거예요. 난 걜 사랑해요, 스티브! 앤절라를 사랑한다고요!"

"걔들한테 와인을 줬나?"

"두 병이요. 하나는 걔 거고 하나는 앤절라 거요. 신혼여행에 가져가라고요. 작은 두 병이요. 결혼 테이블에 놔뒀어요. 카드랑."

"그 와인은 어디서 났지?"

"아버지가 담갔어요. 아버진 매년 한 통을 담가요."

"그리고 그걸 병에 담고?"

"네."

"와인에 뭔가를 넣은 거야? 걔들을 아프게 하려고?"

"토미의 병에만요. '신랑에게'라고 쓰인 것에만요. 난 앤절라가 아프길 원친 않았어요. 그게 내가 병을 나눠서 테이블 끝에 놓은 이유예요. 하나는 신부에게 그리고 하나는 신랑에게. 걔 병에만 뭘 넣었어요."

"뭘?"

"걱정해야 할 만한 건 아니에요. 그냥 메스껍게 할 뿐이에요. 그걸 약간만 넣었어요."

"약간 뭘, 빌어먹을!"

"우리가 정원에서 쓰는 거요. 잡초를 죽이려고. 하지만 토미의 병에만 넣었어요. 난 앤절라가 아프길 원치……."

"제초제? 제초제?" 카렐라가 소리쳤다. "비소가 주성분인?"

"그게 거기에 든지 몰랐어요. 그냥 조금만 넣었어요. 걔가 아플 만큼만."

"캔에 '독'이라고 쓰여 있지 않았나?"

"네, 하지만 난 조금만 넣었어요. 그냥……."

"얼마나 넣었지?"

"작은 와인병일 뿐이잖아요. 반 컵 정도 넣었어요."

"반……. 잡초를 죽이려면 그걸 물과 이십 대 일로 섞어야 해! 근데 넌 토미의 와인에 그걸 반 컵 넣었다고! 그걸로 한 부대를 죽일 수 있어!"

"부대를 죽…… 하지만 난 걔가 아프기만 바랐을 뿐이라고요. 걔만요. 앤절라가 아니라. 걔만."

"걔들은 방금 결혼했어, 이 빌어먹을 등신아! 걔들은 한 병을 따서 마시거나 두 병 다 마실 거라고, 이 염병할 돌대가리야! 걔들이 네 지시에 따라 허니문 건배를 할 거라고 생각한 이유가 대체 뭐야! 오, 이 빌어먹을 등신! 녀석을 라디에이터에 수갑으로 채워, 버트! 난 걔들이 마시지 못하게 막아야 해!"

16

별이 빛나는 하늘 아래서 댄스가 시작되었다.

살 마르티노 오케스트라는 오후와 저녁 내내 병에 담겨 시판되는 상품인, 유독 물질이 안 든 좋은 와인과 샴페인과 위스키를 마셔 가며, 달콤하고 기운을 북돋우는 맛인 안토니오 카렐라의 비싼 묘약을 마셔 가며 참으로 아름답고 풍부한 리듬을 연주했다. 먼 친척들이 시간이 다 될 때까지, 끓어오르는 열정으로 먼 친척들에게 팔을 둘렀다. 다음 결혼식이 있기까지는 오래 걸릴 터였다.

집에서 뛰쳐나온 스티브 카렐라는 댄스 플로어를 향하며 의자에서 불편하게 꼼지락거리고 있는 아내를 눈으로 훑은 다음 토미와 앤절라를 찾아 댄스 플로어 위로 뛰어들었다. 그들은 시야 어디에도 없었다. 그는 스크랜턴에서 온 가리발디 아저씨와 춤을 추고 있는 어머니를 보았고, 어머니에게 달려가 깜짝 놀란 아저씨에게서 어머니를 끌어당기며 말했다. "애들은 어딨어요?"

"뭐?" 루이자가 말했다.

"토미와 앤절라요. 걔들 어딨죠?"

루이자 카렐라가 윙크했다.

"엄마, 걔들이 떠난 건 아니죠?"

병에 담겨 시판되는 묘약을 조금 마신 루이자 카렐라가 다시 윙크했다.

"엄마, 걔들 떠났어요?"

"그래, 그래, 걔들은 갔어. 이건 걔들 결혼이잖니. 걔들이 뭘 하길 바라니? 우두커니 서서 노인들과 얘기라도 나누랴?"

"오, 엄마!" 카렐라가 절망하며 말했다. "그 애들이 가는 걸 보셨어요?"

"그래, 물론 걔들을 봤지. 앤절라에게 잘 가라고 키스했단다."

"뭘 들고 갔어요?"

"당연히 여행 가방이지. 걔들이 신혼여행 간다는 걸 알잖니."

"케 코사Che cosa 무슨 일이야?" 스크랜턴에서 온 가리발디 아저씨가 물었다. "케 코사, 루이자?"

"니엔테. 스타 지토Niente. Sta zitto 아무것도 아니야, 조용히 해, 가리발디." 그녀가 그에게 대답한 뒤 아들을 향했다. "무슨 문제 있니?"

"누가 오늘 오후에 직접 담근 와인이 든 작은 병 두 개를 테이블에 놨어요. 그게 어떻게 됐는지 보셨어요?"

"그래. 신랑과 신부 거. 아주 귀엽더구나."

"걔들이 떠날 때 그 와인을 가져갔어요?"

"그래, 그래, 그런 것 같은데. 그래, 토미가 여행 가방 하나에 그 병들을 넣는 걸 봤어."

"오, 빌어먹을!" 카렐라가 말했다.

"스티브! 네가 욕하는 게 싫구나."

"어디로 갔어요, 엄마?"

"갔냐고? 내가 어떻게 알겠니? 이건 걔들의 신혼여행이잖니. 넌 너희 신혼여행을 어디로 갔는지 말했니?"

"오, 빌어먹을." 카렐라가 다시 그렇게 말했다. "걔가 나한테 뭐라고 했는데, 뭐라고 했더라? 호텔에 대해 말했어요! 젠장, 뭐라고 했더라? 걔가 호텔 이름을 말했어요?"

"무슨 일 있는 거야?" 루이자가 아들에게 물었다. "미친 사람 같잖아!"

"버트!" 카렐라가 소리쳤고, 클링이 그가 서 있는 곳으로 뛰어왔다. "버트, 그 애들이 간다는 호텔 이름을 말하는 걸 들은 사람이 있어?"

"아니요? 왜요? 두 사람이 그 와인을 가져갔어요?"

"그래."

"오, 맙소사." 클링이 말했다.

"어떡하지?"

"모르겠어요."

"큰 호텔이라고 했어. 그 애가 그렇게 말한 건 확실해. 잠깐, 잠깐. 세상에서 가장 큰 호텔 중 하나라고 했는데. 이 도시에 있는. 그렇게 말했어." 그가 클링의 어깨를 움켜잡고 필사적으로 말했다. "세상에서 가장 큰 호텔 중 하나가 어느 호텔이지, 버트?"

"모르겠는데요." 클링이 무력하게 말했다.

"누가 걔들이 차 타고 가는 걸 봤을까요?" 그가 어머니를 향했다. "엄마, 걔들이 차를 탔어요?"

"아니, 택시, 스티브. 무슨 일이야? 왜 넌……?"

"케 코사?" 스크랜턴에서 온 가리발디 아저씨가 재차 물었다.

"스타 지토!" 루이자가 좀 더 단호히 말했다.

"토미가 택시 기사에게 말한 목적지를 들으셨어요?"

"아니. 맙소사, 걔들은 바로 몇 분 전에 떠났어. 그게 중요한지 알았다면 걔들한테 물어봤을……."

하지만 카렐라는 어머니 곁을 떠나 집 앞 보도를 향해 달리고 있었다. 그는 문 앞에서 도로의 양방향을 둘러보았다. 클링이 숨을 헐떡이며 그 옆에 멈춰 섰다.

"본 거 있어요?"

"아니."

"저기 누가 있군."

카렐라는 차 트렁크에다 장비를 꾸려 넣는 사진사 조디 루이스를 보았다. "루이스, 아마 그가 걔들을 봤을 거야. 가자고."

그들은 차로 걸어갔다. 루이스가 트렁크를 쾅 닫은 다음 서둘러

차 옆으로 돌아 나왔다. “멋진 결혼입니다.” 그가 그렇게 말하고 차에 타 시동을 걸었다.

“잠깐만요.” 카렐라가 말했다. “내 동생과 그 애의 남편이 여기서 떠나는 걸 봤습니까?”

“그 행복한 커플 말입니까?” 루이스가 말했다. “네, 그럼요. 실례지만 저는 바빠서.” 그가 핸드브레이크를 풀었다.

“걔들이 택시 기사에게 말한 주소를 들었습니까?”

“아니요, 못 들었습니다.” 루이스가 말했다. “엿듣는 습관이 없어서요. 그럼, 실례가 되지 않는다면 난 내 일을 마치고 침대에 들고 싶습니다. 안녕히 계십시오. 멋진 결혼이었습니다.”

“일을 마치……?” 카렐라가 입을 열었고, 클링을 돌아보았고, 동시에 똑같이 흥분된 표정이 두 사람의 얼굴에 스쳤다. “걔들의 또 다른 사진을 찍으러 가시는 겁니까?”

“네, 저는……,”

“호텔에서? 신발을 벗는 순간을?”

“네.” 루이스가 말했다. “그러니 제가 급하다는 걸 아시겠죠. 만약 댁들이……,”

“이제 일행이 생기셨습니다, 선생.” 카렐라가 말하며 차 문을 열어젖혔다. 클링이 세단 안으로 몸을 욱여넣었다. 카렐라가 그 뒤를 따를 때 뒤쪽 길에서 나는 어머니의 목소리가 들렸다.

“스티브! 스티브!”

그는 차 안에 한 발, 보도에 한 발을 딛고 머뭇거렸다.

"무슨 일이에요, 엄마?"

"테디! 테디 말이야! 때가 됐어!"

"무슨?"

"때가 됐다고! 아기 말이야, 스티브!"

"하지만 아긴 다음 주가 예정일……,"

"때가 됐다고!" 루이자 카렐라가 단호하게 말했다. "그 애를 병원에 데려가!"

카렐라는 차 문을 쾅 닫았다. 그는 열린 창문으로 머리를 쑤셔 넣고 외쳤다. "아이들을 막아, 버트! 아내가 아기를 낳을 참이야!" 그리고 그는 집으로 통하는 길을 미친 듯이 뛰어 올라갔다.

"무슨 호텔입니까?" 클링이 물었다.

"넵튠이요."

"더 빨리 달릴 수 없습니까?"

"난 최대한 빨리 달리는 중입니다. 딱지를 떼는 걸 원치 않아요."

"난 형삽니다." 클링이 말했다. "원하는 만큼 빨리 달려도 돼요. 이제 밟아요!"

"네, 형사 나리." 루이스는 대꾸하고 액셀에 올려 둔 발을 내리밟았다.

"더 빨리 달릴 수 없습니까?" 카렐라가 택시 기사에게 말했다.

"최대한 빨리 달리는 중입니다." 기사가 대꾸했다.

"젠장! 아내가 아기를 낳을 참이란 말입니다!"

"저, 선생, 저는……,"

"난 경찰입니다." 카렐라가 말했다. "이 고물 차를 움직여요."

"뭐가 걱정이십니까?" 기사가 액셀을 밟으며 말했다. "경찰과 택시 기사라면 아기 받는 것쯤은 문제없다고요."

17

클링이 조디 루이스와 넵튠 호텔의 로비에 도착했을 때, 엘크 클럽인지, 말코손바닥사슴 클럽인지, 쥐 클럽인지, 프리메이슨단인지 뭔지가 잔뜩 모여 활개 치고 있었다. 엘크든 말코손바닥사슴이든 쥐든 뭐든 그중 한 사람이 전기가 통하는 스틱으로 건드려 그를 공중으로 50센티 뛰어오르게 했고, 이내 그는 토미와 앤절라와의 일이 끝나는 대로 공공의 위협적 존재로서 그 남자를 체포하리라고 생각하며 다시 데스크로 뛰어갔다. 맙소사, 8시 반이 지나 있었다. 마침내 클레어에게 닿을 즈음이면 그녀는 발작을 일으킬 것이었다. 그 아이들이 아직 그 와인을 맛보지 않았다면-왜 난 그들을 아이들이라고 부르는 거지? 토미는 자신 또래였다-, 어쨌든 그들이 그 와인을 맛보지 않아 위세척을 하러 병원으로 달려갈 필요가 없기만하다면. 맙소사, 조용한 일요일로 시작한 날이 어떻게 되었는가?

"조르다노 부부요." 그가 데스크 직원에게 말했다.

"네, 선생님, 그분들은 방금 전에 체크인했습니다." 직원이 대답했다.

"몇 호실입니까?"

"죄송합니다, 선생님, 그분들은 방해하지 말아 달라고 하셨습니다. 그분들은 신혼여행 중으로, 아시겠죠, 그리고……,"

"경찰에서 나왔습니다." 클링이 지갑을 확 펼쳐 배지를 내보이며 말했다. "몇 호예요? 빨리!"

"뭔가 잘못 알고……?"

"젠장, 몇 호요?"

"사백이십팔 호요. 뭔가 잘못……?"

클링은 엘리베이터로 달렸다. 그 뒤로 카메라를 손에 든 조디 루이스가 로비를 가로질러 달려왔다.

"사 층." 클링이 엘리베이터 보이에게 말했다. "빨리!"

"뭐가 그렇게 급하세요?" 보이가 대꾸했다. 느긋하게 제어반을 조작하면서 그가 클링에게 따분한 비웃음을 날렸다. 클링은 언쟁하고 싶은 기분이 아니었다. 지난 10년간 넵튠에서 무례한 대우를 받은 첫 번째 손님이 되는 명성을 얻고 싶은 기분도 아니었다. 그는 조디 루이스가 막 엘리베이터에 올라탔을 때, 한 손으로 보이의 튜닉을 움켜쥐고 그를 제어반에서 떼어 내 엘리베이터 뒷벽에 거세게 밀친 다음 닫힘 버튼을 누르고 숫자 4가 찍힌 버튼을 눌렀을 뿐이었다.

"헤이," 엘리베이터 보이가 말했다. "그걸 만지면 안……,"

"입 닥치지 않으면," 클링이 말했다. "엘리베이터 통로로 던져 버릴 테다."

보이는 상처받은 침묵 모드로 바뀌었다. 부루퉁하게 뒷벽에 기대 엘리베이터가 위층으로 속도를 낼 때 그는 조용히 클링을 저주했다. 문이 미끄러지듯 열렸고, 클링은 루이스와 함께 복도로 뛰쳐나갔다. 그 뒤에서 반항의 막말로 보이가 "이 비열한 놈아!"라고 외친 다음 황급히 문을 닫았다.

"몇 호실입니까?" 루이스가 물었다.

"사백이십팔 호요."

"이쪽이군요."

"아니, 이쪽입니다."

"여기 사백이십 호에서 사백이십팔 호라고 쓰여 있습니다."

"화살표가 이쪽군요."

그들은 함께 복도를 내달렸다.

"여기예요!" 루이스가 말했다.

클링이 문을 두드렸다. "문 열어요!" 그가 소리쳤다.

"누구세요?" 토미의 목소리가 되받아 소리쳤다.

"경찰입니다! 버트 클링! 문 열어요! 빨리!"

"무슨? 무슨?" 나무 문 뒤에서 그렇게 말하는 토미의 목소리는 혼란스러워하고 있었다. 잠금장치가 젖혀졌다. 키가 돌아갔다. 문이 열렸다. 토미가 한 손에 와인 잔을 들고 서 있었다. 그는 푸른색 실크 로브를 입고 있었고, 꽤 당황스러워 보였다. 그 뒤 2인용 안락의자에 앉은 앤절라 조르다노가 이마에 당혹스러운 주름을 짓고 문을 지켜보며 와인 잔을 입으로 기울였다.

클링의 눈이 커졌다. "안 돼!" 그가 외쳤다.

"무슨……?"

"그 와인을 마시면 안 돼요!"

그는 놀란 토미 조르다노를 지나쳐 방 안으로 뛰어든 다음 앤절라의 손에서 와인 잔을 쳐 냈다.

"헤이, 대체……," 토미가 입을 뗐고, 클링이 말했다. "조금이라도 마셨습니까?"

"이 와인이요?"

"네, 네, 그 와인!"

"아니요. 막 병 하나를 땄을 뿐이에요. 무슨……?"

"어느 거요?"

"몰라요. 저기 테이블 위에 있는 걸요. 이게 뭐죠? 녀석들이 이렇게 하라고 부추겼습니까?"

클링은 테이블로 달려가 딴 와인병을 들어 올렸다. 카드가 여전히 병목에 걸려 있었다. 신부에게. 갑자기 자신이 멍텅구리처럼 느껴졌다. 그는 두 번째 병, 신랑에게라고 쓰인 병을 집어 들고 대단히 당혹해하며 문으로 향했다.

"실례했습니다." 그가 말했다. "들이닥쳐서 미안합니다. 좋은 와인이 아니라서요. 죄송합니다. 실례했습니다, 실례했어요." 그가 문을 향해 물러가며 말했다.

그 뒤에서 조디 루이스가 말했다. "자, 마지막 한 장요. 날 위해 복도에 신발은 놔 주시겠습니까? 마지막 한 장으로요?"

"오, 꺼져요." 토미는 그렇게 말한 다음 방문객 코앞에서 문을 쾅 닫았다.

"이런," 루이스가 말했다. "성깔하고는." 그가 사이를 두었다. "당신이 거기서 가져온 게 와인입니까?"

"네." 클링이 여전히 당황스러워하며 말했다.

"그걸 따서 한잔하지그래요?" 루이스가 말했다. "난 지쳤다오."

스티브 카렐라는 병원 대기실을 서성였다. 우나 블레이크를 관할 경찰서에 인계한 후 구급차와 소콜린을 따라 병원으로 온 마이어, 호스, 오브라이언이 그의 뒤를 따라 서성였다.

"뭐가 이렇게 오래 걸리지?" 카렐라가 물었다. "맙소사, 늘 이렇게 오래 걸리는 거야?"

"진정해." 마이어가 말했다. "난 벌써 이걸 세 번이나 겪었어. 매번 더 오래 걸리지."

"아내가 저기 들어간 지 한 시간 가까이 됐어." 카렐라가 투덜거렸다.

"그녀는 괜찮을 거야, 걱정 마. 아기 이름은 뭐로 할 거야?"

"아들이면 마크, 딸이면 에이프릴. 마이어, 이게 이렇게 오래 걸리는 거야?"

"진정해."

"진정해, 진정해." 그가 사이를 두었다. "클링이 제시간에 그 애들을 만났는지 궁금하군."

"진정해." 마이어가 말했다.

"그런 미친놈이 상상이 가? 작은 와인병에 비소를, 제초제 반 컵을 말이야, 넣고 토미가 아플 거라고만 생각한다는 게! 치과 대학 학생이! 이게 대학이 치과 의사들한테 가르치는 거야?" 그가 머리를 저었다. "살인미수로 처넣을 거야. 우린 그 개자식을 엄벌에 처해야 해."

"진정해." 마이어가 말했다. "우린 그들을 전부 엄벌에 처해야 할 거야."

"소콜린은 어때?"

"놈은 살 거야." 마이어가 말했다. "코튼의 얼굴 봤지?"

"어떤 여자가 자넬 두들겨 팼다며, 코튼." 카렐라가 말했다.

"그래." 호스가 부끄러워하며 말했다.

"저기 간호사가 와." 오브라이언이 말했다.

카렐라가 몸을 빙글 돌렸다. 신중하고 위엄 있는 태도로 간호사가 복도를 성큼성큼 걸어왔다. 그녀를 향해 빠르게 걷는 그의 구두굽이 대리석 바닥을 울렸다.

"아내는 괜찮습니까?" 형사들은 그가 묻는 말을 들었고, 간호사는 끄덕이더니 카렐라의 팔을 잡고 복도 안쪽으로 데려가 귓속말을 하기 시작했다. 카렐라는 계속 끄덕였다. 형사들은 그를 지켜보았다. 이내 조금 더 커진 목소리로 카렐라가 물었다. "이제 아내를 보러 가도 됩니까?"

"네." 간호사가 대답했다. "의사가 아직 아내분과 있을 거예요. 모든 게 괜찮아요."

카렐라는 동료들을 돌아보지 않고 복도를 걷기 시작했다.

"어이!" 마이어가 외쳤다.

카렐라가 돌아보았다.

"뭐야?" 마이어가 말했다. "마크야, 에이프릴이야?"

얼굴에 다소 혼란스러운 미소를 띤 카렐라가 "둘 다야!"라고 소리치더니 엘리베이터를 향해 종종걸음을 쳤다.

『죽음이 갈라놓을 때까지』는 87분서 시리즈 전편에 걸쳐 유일하게 스티브 카렐라 형사의 아버지, 어머니, 여동생이 등장하는 등 가족사가 소개되는, 시리즈 아홉 번째 작품이다.

에드 맥베인은 87분서 시리즈를 통해 경찰 업무에 관한 다양한 접근을 시도했다. 이번 작품은 비번인 형사들이 맞닥뜨린 사건을 어떻게 해결해 나가는지 보여 준다. 여동생의 결혼식 날 아침, 곧 카렐라의 매제가 될 토미의 전화로 시작해 하루에 걸쳐 일어나는 사건들이 긴박하게 전개되는 이 작품 역시 이전 작품들처럼 분량이 적은 만큼 군더더기 없는 글을 쓰는 작가의 장기가 유감없이 드러난다.

토미에게 적의를 품은 의심스러운 하객이 너무 많아 형사들은 골치 아프다. 신랑이 가진 모든 것을 상속할 들러리, 질투에 눈이 먼 신부의 전 남자 친구, 원한이 있는 신랑의 옛 전우. 하지만 시간은 흐르고 있고, 집 안과 집 밖 두 파트로 나뉘어 활약하는 형사들이 빨리 행동하지 않으면 카렐라의 동생 앤절라는 같은 날 신부이자 과부가 될 처지에 놓여 있다.

87분서 시리즈를 무려 50편이 넘게 쓴 에드 맥베인은 작품 세계의 인과 관계를 자주 혼동하기로 정평이 나 있었고, 87분서 연구가들은 셜로키언들 못지않게 이 점을 매우 즐거워했다. 이제 시리즈 아홉 편째(많다면 많고, 적다면 적은)인 이 작품에서도 몇 가지 오류가 눈에 띄는데, 이 시리즈를 순서대로 꼼꼼하게 읽어 온 눈 밝은 독자라면 이미 눈치챘을지도 모르리라 생각된다.

87분서 시리즈 연구가인 나오이 아키라直井明는 그의 저서 『87분서 그래피티』에서 『죽음이 갈라놓을 때까지』의 몇몇 오류를 지적했다. 그중 두 가지를 소개하자면, 이 작품은 1959년 6월 22일 일요일 하루에 걸쳐 일어난 사건을 배경으로 한다. **6월 22일 일요일 아침, 2급 형사 마이어 마이어는 87분서 형사실에 있었다.**(22P) 하지만 근무 스케줄의 날짜는 6월 21일 일요일로 표기되어 있다. 그리고 『레이디 킬러』에서 남편이 오스트레일리아 북동부 바다인 산호해에서 전사했다고 했다고 한 코튼 호스의 연인 크리스틴 맥스웰의 남편이 이 작품에서는 오키나와에서 전사했다고 바뀌어 있다.

끝으로, 이 작품에서 카렐라는 동생의 결혼식뿐이 아니라 『살의의 쐐기』에서 예고된 대로 자식이 태어나는 겹경사를 맞는데, 카렐라의 마지막 대사는 쌍둥이 아빠인 작가와 무관하지 않을 것이다.

죽음이 갈라놓을 때까지

'TIL DEATH

초판1쇄 발행 2023년 4월 25일

지은이 | 에드 맥베인
옮긴이 | 박진세
발행인 | 박세진
독자 모니터 | 박동순, 최윤희
이탈리아어 감수 | 이혜린
표지 디자인 | 허은정
용 지 | 두송지업
인 쇄 | 대덕문화사
제 본 | 바다제책사

펴낸곳 | 피니스 아프리카에
출판등록 | 2010년 10월 12일 제25100-2010-000041호
주소 | 03958 서울시 마포구 망원동 419-3 참존 1차 501호
전화 | 02-3436-8813
팩스 | 02-6442-8814
블로그 | blog.naver.com/finisaf
메일 | finisaf@naver.com

책값은 뒤표지에 있습니다.
파본은 구입하신 곳에서 교환해 드립니다.